Co   Pombo, Rafael
861.44
            Fábulas y verdades / Rafael Pombo ; Selección:
            Carlos Nicolás Hernández. -- Santafé de Bogotá :
            Panamericana, c1996.
            264 p. -- (Corcel)

            ISBN 958-30-0182-1 rust.
            ISBN 958-30-0196-1 cart.

            1. POESIA INFANTIL 2. LITERATURA
            I. tit. II. Pombo, Rafael III. Hernández, Carlos
            Nicolás, sel.

Fábulas y Verdades

Rafael Pombo

Selección:
Carlos Nicolás Hernández

PANAMERICANA
EDITORIAL

Editor
Panamericana Editorial Ltda.

Dirección editorial
Andrés Olivos Lombana

Edición
Gabriel Silva Rincón

Diseño de carátula
Diego Martínez Celis

Ilustración de carátula
Basada en un óleo de Felipe S. Gutiérrez

Diseño y diagramación
Tres Culturas Editores

Ilustraciones de carátula e interiores
Patricia Acosta García

Prólogo
Carolina Mayorga R.

Primera edición, febrero de 1995
Quinta reimpresión, septiembre de 2001

© 1995 Panamericana Editorial Ltda.
Calle 12 No. 34-20, Tels.: 3603077 - 2770100
Fax: (57 1) 2373805
Correo electrónico: panaedit@panamericanaeditorial.com
www.panamericanaeditorial.com.co
Bogotá, D. C., Colombia

ISBN rústica: 958-30-0182-1
ISBN tapa dura: 958-30-0196-1
ISBN colección: 958-30-0813-3

Impreso por Panamericana Formas e Impresos S. A.
Calle 65 No. 95-28, Tels.: 4302110 - 4300355, Fax: (57 1) 2763008
Quien sólo actúa como impresor.

Impreso en Colombia   Printed in Colombia

Índice

Fábulas y Verdades

El coche	21
El palomo de fiesta	22
La gallina y el cerdo	23
La paloma y el niño	24
El niño y el corderito	25
Las siete vidas del gato	26
La rosa y la cebolla	27
La nariz y los ojos	27
El búho y el palomo	28
El niño y la mariposa	29
El ama y el niño	31
Las amenazas	31
Los dos guapos	31
El caballo y el gorrión	33
El robanidos	34
El niño embarcado	35
La abeja sensata	36
El niño pobre	37
El alma	38
El libertador	39
El niño y el buey	40
El descalzo y el mutilado	41
Los padres	42

El cuerpo y el alma   43
Dios   44
El gato mentiroso   46
El pinzón y la urraca   46
Los cariños del gato   47
El potro sin freno   48
La zorra y el mono   48
El escuelante y la oruga   49
Las dos rejas de arado   50
Las quejas   51
Los llorones y el topo   52
El egoísta afortunado   52
Los dos vasos   54
El humo y la llama   54
El año nuevo y el ocioso   55
Cutufato y su gato   56
El monte y la ardilla   58
Las ranas y la antorcha   59
La estatua y el pedestal   60
El gato guardián   61
La cangreja consejera   61
El ciego en la corte   62
La historia   62
La flecha   63
El tren de vapor   64
El niño grande   64
Los tres bueyes   65
El sol y el polvo   65
Una visita larga   66
Pensaba en ti   69
La niña curiosa   70
Las peleadoras   71
El pajarito de oro   73
Las redoblantes   74

Dientes y confites 75
La marrana peripuesta 78
Jugar con fuego 78
La rosa y el tulipán 79
La oruga y la dama 80
Las modas 81
El grano y la perla 82
La rosita blanca 83
La gota de agua 84
El globo y la gallina 85
En el mercado 87
La elección del buque 88
La filosofía de la cocina 89
Los urdi-malas 89
El agua y el jabón 90
El halcón y la gallina 90
El ciego 91
El violín roto 91
La paloma y la abeja 92
El perro 93
El jorobado 93
El perro y el conejo 96
El jabalí y el gamo 97
El ratón envinado 98
El sermón del caimán 100
El caimán vencido 102
La serpiente caritativa 103
El lobo y el pastor 104
El lobo pintor 105
El tambor monstruo 106
La felicidad 108
El ciego y el tullido 109
El remedio universal 113
Los médicos 113

La yegua y la faldera — 114
Los busca-tesoros — 116
La abeja y el hombre — 117
El pleito — 118
El mono aplaudido — 118
El cuclillo — 119
El zorro y el leopardo — 120
El lobo héroe — 121
La presunción — 121
La enmienda del asno — 123
El marco de oro — 124
Los dos ánsares — 125
La araña crítica — 126
Los tontos de Basra — 127
Los dos tejedores — 128
El ajedrez — 130
El mono avaro — 131
El mosquito llorón — 132
El gas y la vela — 133
El velocípedo — 134
Los huevos de oro — 135
La gota y el torrente — 135
El caimán y las moscas — 137
Los matarratos — 138
Capa y hamaca — 140
La horizontal y la vertical — 145
La gallina y el diamante — 146
Breve tratado de malacrianza — 152
El metro ateniense — 154

Cuentos pintados

El pardillo — 159
El renacuajo paseador — 160
Simón el bobito — 163

Pastorcita   166
Juan Chunguero   167
La pobre viejecita   168
El gato bandido   171

Cuentos morales para niños formales

Tía Pasitrote   177
Juan Matachín   181
Perico Zanquituerto   182
Juaco el ballenero   183
Arrullo   185
El paseo   185
El Rey Chumbipe   189
Un sarao pericante   197
Mirringa Mirronga   205
El Rey Borrico   208
Un banquete de chupete   211
El conejo aventurero   213
Chanchito   221
La ovejita de Ada   228
El perro de Enrique   229
Las flores   230
El asno de Federico   231
María y Mariano   231
Fuño y Furaño   232
El cenador   233
La muñeca de Emma   234
Doña Pánfaga y el Sanalotodo   235
La natura   244

Prólogo

*D*ifícilmente habrá muchos colombianos —entre los nacidos en el último siglo— que en algún momento de su infancia, ya sea en la escuela o en la casa materna, no se hayan encontrado con alguna de las Fábulas y Verdades o los Cuentos Pintados de Rafael Pombo. Ejercicio verbal didáctico o comunicación amorosa de las verdades de la vida, estos poemas han logrado imponerse al paso de los tiempos y a la crítica literaria para seguir endulzando el oído y el alma.

Hombre polifacético —escritor, pintor, guerrero, político, diplomático— que mantuvo vivo el sueño de Bolívar respecto a un continente unido, fue Pombo uno de los hispanoamericanos más cultos del siglo XIX. Descendiente de una distinguida familia del Cauca (su padre había sido Secretario del Interior y de Relaciones Exteriores del Presidente Santander) Rafael Pombo y Rebolledo vino al mundo en la capital de Colombia, Bogotá, en el año de 1833 cuando sonaban aún los ecos de las guerras de independencia. De su madre recibió las

9

primeras letras y asistió luego a la escuela del barrio Belén. En 1844 ingresó al seminario y en 1846 al Colegio del Rosario, como estudiante de humanidades. Pero un año después, más por decisión familiar que por voluntad propia, debió abandonar el claustro con el fin de prepararse para ingresar al Colegio Militar, ya que su padre deseaba que siguiera su misma profesión: la ingeniería. Fue así como a los 18 años —y cuando había ya hecho sus primeras incursiones en la literatura— se graduó de ingeniero civil (profesión que nunca ejerció).

Pombo fue escritor por vocación y, sin duda, uno de los primeros poetas nacionales que eligió como destino el oficio de la escritura llevándola al rango de profesión. Por ello abandonó pronto las disciplinas científicas y comenzó a frecuentar los círculos culturales y sociales que le permitían el contacto con la literatura.

Acucioso lector (desde el colegio) de los clásicos y de sus contemporáneos más notables, antes de cumplir los 20 años escribía en publicaciones como El Filotémico y El Día con el seudónimo de Faraelio. Dirigió después, junto con José María Vergara y Vergara, unas hojas culturales, especie de periódico, que con el nombre de La Siesta intentaban renovar la cultura nacional. Allí aparecieron sus primeras traducciones de Byron, el poeta inglés del que recibió notable influencia. En 1853 se publicó su poema Mi amor en el que por prime-

ra vez firmó con el seudónimo de Edda, que le
haría famoso entre los círculos más cultos.

En 1854 le atacó el virus de la política y bajo
las órdenes de José Hilario López combatió contra la dictadura de Melo. En 1855 salió para los
Estados Unidos como Secretario de la Legación
Colombiana e inició lo que sería una importante
carrera diplomática con intervenciones notables en
los tratados de límites con Costa Rica (recuérdese
que Panamá era aún parte de Colombia) y en una
intensa actividad relacionada con el propósito de
lograr un acercamiento verdadero entre los países
latinoamericanos. Para tal efecto, organizó distin-
tas conferencias entre los representantes de las na-
ciones del continente, y se constituyó así en el pre-
cursor del Panamericanismo y del Panhispanismo.
La situación política le hizo regresar por pocos años
al país para retornar luego a los Estados Unidos,
en donde continuó trabajando incesantemente
como traductor, como asesor editorial y como escritor. Adaptó y reescribió fábulas para la presti-
giosa Casa Appleton de Nueva York, trabajo que
recibió elogios de la crítica. Mantuvo, también,
importantes amistades en el mundo intelectual y
periodístico y se rodeó de amistades femeninas
que estimularon su ingenio y mitigaron su sole-
dad. Entró en contacto, igualmente, con figuras
de la talla del filósofo Ralph Waldo Emerson y del
poeta romántico Henry Wadsworth Longfellow. Estando aún en Norteamérica, en el año de 1871,

fue elegido miembro correspondiente de la recién creada Academia Colombiana de la Lengua. En 1872 regresó a la patria para quedarse por siempre.

A partir de 1873, cuando fue nombrado miembro de número de la Academia y luego Secretario Perpetuo de la misma, reinició una carrera brillante en las letras y la educación. Fue prácticamente, el promotor y fundador de la Escuela de Bellas Artes y de la Escuela Normal *(periódico oficial de la Dirección de Instrucción Pública)*. Se sucedieron así, innumerables textos: poemas, cuadros de costumbres y piezas descriptivas, ensayos, artículos, traducciones del inglés, del francés y del alemán, así como una nutrida correspondencia con los más importantes autores de habla hispana de ese momento. Con el paso del tiempo —y a medida que se iba conociendo su vasta obra literaria— Pombo comenzó a ser reconocido en todo su valor. En 1902 fue nombrado miembro honorario de la Academia Colombiana de Historia y en 1905 coronado como poeta en el Teatro de Colón. Cuando murió, en el año de 1912, la ciudad entera se volcó en su sepelio como signo de que su nombre ocupaba ya un lugar de honor en el corazón de sus conciudadanos.

Las Fábulas y Verdades y los Cuentos Pintados, *obra que inmortalizó a Rafael Pombo en el ámbito de la literatura en lengua española, se originaron en los trabajos que como traductor y adap-*

*tador hizo el poeta para la casa editorial Appleton.
En* Libro de lectura para la escuela y el hogar
—artículo publicado en la revista Mundo Nuevo,
*de Nueva York, en el año de 1871— se anunciaba
la próxima colección de apólogos y moralidades
compuesta por este compatriota con el título de*
Fábulas y Verdades. *Sin embargo, su publicación
no se realizó en esa época. Algunos textos aparecieron en los años siguientes en periódicos como*
La Escuela Normal *y* El Obrero. *Es sólo en 1893
cuando —bajo la dirección del editor Jorge Roa y
en la Serie Biblioteca Popular— apareció* Fábulas
y Verdades. *Fue este pequeño libro, que contenía
una selecta antología de los cuentos y fábulas de
Pombo, el que más contribuyó a popularizar sus
poemas infantiles. Años más tarde, en 1916, se
publicó la edición oficial en la cual se organizó el
material en tres secciones:* Fábulas y Verdades,
Cuentos Pintados y Cuentos Morales para niños
formales, *con un apéndice que incluía un "Curioso
método de lectura", también en verso. A partir de
ese momento, tanto en Colombia como a lo largo
y ancho del continente americano, estos cuentos
y poemas infantiles serán objeto de incontables
publicaciones parciales y harán parte de casi todos los libros o manuales de texto destinados a la
educación de los niños.*

*Casi por primera vez después de ocho déca-
das se publica ahora un trabajo editorial —objeto
de rigurosa selección y elaboración— que ofrece*

casi en su totalidad esta obra imperecedera de un colombiano insigne.

Conocedor de Fedro, Esopo, La Fontaine, Iriarte, Samaniego, Campoamor, y fuertemente influido por los románticos ingleses y franceses (algunos de ellos autores de historietas y rimas populares que él tradujo), Pombo conservó la intención moralizante del neoclasicismo pero le imprimió el sello inconfundible del artista, rasgo que no tiene época ni escuela pero fue una constante preocupación romántica. Hay en esta obra un principio ético y social que la orienta, el de contribuir a la educación de los futuros ciudadanos, al lado de un principio pedagógico que apela al ritmo y a la imagen para facilitar la captación y el aprendizaje; pero, por sobre todo, el principio estético de que lo bueno si es bello, es doblemente bueno.

Estamos pues, ante la presencia de más de 150 poemas, *Fábulas y Verdades, Cuentos Pintados y Cuentos morales para niños formales* —textos inolvidables de nuestra infancia— que tienen como temas fundamentales las virtudes y las buenas costumbres, los interrogantes filosóficos, y en mayor dosis —tal vez— las sencillas pero a veces abrumadoras dificultades de la existencia en la historia personal de un niño.

Virtudes como el amor filial, la gratitud, la bondad, la higiene, el gusto por el trabajo y defectos como el egoísmo, la cobardía, la mentira, las malas maneras, materializan el universo imaginario de Fábulas y Verdades _a través de las actuaciones de animales domésticos como la gallina, el gato, el cerdo, la paloma, el caballo, el pájaro, el asno y otros del entorno natural, objetos representativos del medio —como el coche, el arado, el reloj, la muñeca— y situaciones de cada día concretan, así mismo, el universo poético del autor, en esta primera parte, a través de textos de alto vuelo como_ El niño y la mariposa.

En los Cuentos Pintados el tema y el personaje son el juego mismo: El pardillo, El renacuajo, Simón el Bobito, Juan Chunguero _o la_ Pobre Viejecita _—de tan grata evocación en lo más auténtico de nuestra parte infantil— no son más que el disfraz del sentido lúdico y del goce estético del lenguaje; del código de la lengua profundamente conocido en todas sus reglas y posibilidades de combinación y ofrecido como posibilidad de encantamiento para quien, sin prejuicios, se aventura en la complicidad del diálogo y la fiesta que constituye la lectura._

El juego se prolonga en los Cuentos morales para niños formales. _Sólo que aquí se tensa la habilidad verbal del escritor y se exige aún más al oído y a la conciencia del lector._

Puede verse en el recorrido completo del libro, cómo su autor se pasea por todas las medidas: desde los sencillos octavos (propios de la canción y del romance) hasta los endecasílabos y aún el complicado pero atractivo verso compuesto de

15

Doña Pánfaga o el Sanalotodo, *con lo cual se demuestra que Pombo llegó a dominar verdaderamente el arte poético. La inclusión de pequeñas prosas, por otra parte, pareciera querer recordar, tal vez, el parentesco entre el poema y el cuento.*

Las tres colecciones reunidas en esta publicación nos permiten acceder, sin duda, a lo más representativo del concepto literario de poesía para Pombo; concepto que privilegia el lenguaje en su sentido total de armonía y ritmo. Están allí presentes, por supuesto, los conflictos de la vida cotidiana, las anécdotas, las cosas triviales y serias. Pero, seguramente, como ayer y como siempre —chicos y grandes— las volveremos a leer sin sonrojarnos —convocando la risa y la alegría— porque la agilidad y la frescura del verso, su musicalidad y su tono lírico predominan sobre la historia misma; y porque miradas detenidas en el ojo y el oído del maestro o escuchadas cuidadosamente en la memoria del lector dejarán la clara sensación de que el lenguaje pulido y excelentemente articulado en todos sus niveles —a pesar de mezclar lo clásico con lo popular— genera, también, una actitud estética y creadora frente al mismo.

Son por ello estas Fábulas y Verdades *la parte más significativa de una obra fecunda en el campo de la literatura para niños en la que —como decíamos antes— se conserva la intención moralizante del género pero se destaca la calidad poética. A decir de sus estudiosos, Pombo mane-*

16

jó siempre el principio horaciano de "enseñar deleitando". Deleite que, además, resulta del hecho de que en estos poemas se prioriza el valor de la oralidad y del diálogo que es el que, justamente, dota de un carácter particular al discurso literario dirigido a los niños. Y es esto lo que solidifica el mundo poético de Rafael Pombo.

Son, entonces, los de este libro, versos para ser dichos, fraseados, cantados y jugados en la trama imaginativa que permite a su oyente o lector todavía, como desde hace casi un siglo, colocarse las alas de la fantasía para pensar seriamente pero con gracia en las pequeñas y grandes contradicciones de su existencia.

Carolina Mayorga R.
Profesora Asociada de la
Universidad Nacional de Colombia

Fábulas
y
Verdades

EL COCHE

¡Triqui!
¡Traque!
¡Juipi!
¡Juape!
¡Arre!
¡Hola!

¡Upa! ¡vivo! ¡carambola!

Así del pescante,
Feroz, jadeante
Se explica el cochero
De un coche viajero
Que alzando humareda
Y atroz polvareda
Veloz, bamboleante
Más brinca que rueda.

  Y el látigo zumba,
Y todo retumba
Con tal alboroto,
Cual de un terremoto
Que al orbe derrumba,
Y toda la gente
Se agolpa imprudente
A ver qué noticia
Al mundo desquicia,
O qué malhechores

O insignes traidores
Cazó la justicia;
O qué personaje
Va en urgente viaje
De cántaros de oro
Que siguen ligeros
Tal vez bandoleros,
Galgos carniceros
En pos del tesoro.

Al fin paró el coche
Ya entrada la noche,
Y abriólo el gentío
Con gran reverencia.
Y (extraña ocurrencia)
Lo hallaron... ¡vacío!

Tal es, en retrato,
Más de un mentecato
De muchos que encuentro.
¡Qué afán! ¡qué aparato!
Y nada por dentro.

EL PALOMO DE FIESTA

El niño —¿Por qué estás tan alegre,
Tan satisfecho,
Arrullando solito
Desde aquel techo,

Y revolviendo
La cabeza a ambos lados
Como riendo?

El palomo —¿Y tú mismo, niñito,
No estás contento
Viendo la fiesta hermosa
Del firmamento?
¡Ay! en tal día
Hasta el que llora, llora
Con alegría.

LA GALLINA Y EL CERDO

Bebiendo una Gallina
De un arroyuelo,
A cada trago alzaba
La vista al Cielo,
Y con el pico
Gracias daba a quien hizo
Licor tan rico.

—¿Qué es eso? gruñó un Puerco,
¿Qué significa
Tan ridícula mueca?
Y ella replica:
—Nada, vecino.
La gratitud es griego
Para un cochino.

Pero no hay alma noble
Que no agradezca
Hasta una gota de agua
Que se le ofrezca;
Y aún la Gallina
Siente la inagotable
Bondad divina.

LA PALOMA Y EL NIÑO

Ojo alerta y arco en mano
Iba por el bosque un día
Un niño alegre y lozano
Buscando, de su arma ufano,
Un blanco a su puntería.

Pronto escucha el tierno arrullo
De alba paloma escondida
Que halaga el amante orgullo
De su consorte, el murmullo
Del árbol que los anida.

Vela al fin, el arco tiende,
La flecha parte, y muy luego
El ave al polvo desciende;
Y él se aplaude, y no comprende
La atrocidad de su juego.

Yendo a tomarla, escuchó
No su arrullo, ni su canto,
Sino un ¡ay! que le arrancó;
Teñida en sangre la vio,
Y él mismo suéltase en llanto.

Tú, burlón, que te complaces
En soltar aquí y allí
Tus satirillas mordaces,
¿Sabes acaso el mal que haces,
Y el mal que te causas? di.

Llégate al mundo, al ausente
Que por pasatiempo heriste,
¡Y ay! tratarás vanamente
De lavar con llanto ardiente
La ponzoña de tu chiste.

EL NIÑO Y EL CORDERITO

El niño —¿Por qué tan tristemente,
Corderito inocente,
Te oigo balando?

El corderito —Por mi madre querida,
Que tal vez afligida
Me anda buscando.

El niño —¿Temes verte solito,
O te acobarda el grito
Del dogo hambriento?

El corderito —No me asusta que ladre;
Mas lejos de mi madre
No estoy contento.

El niño —¡Ah! ya entiendo tu pena,
Si tu mamá es tan buena
Como la mía.

Déjame acompañarte,
Yo seré en cualquier parte
Tu garantía.

Pero ya que recuerdo
Que cuando yo me pierdo
Mamá se afana,

Andemos ligeritos,
Y vivamos juntitos
Desde mañana.

LAS SIETE VIDAS DEL GATO

Preguntó al gato Mambrú
El lebrel Perdonavidas:
—Pariente de Micifú,

¿Qué secreto tienes tú
Para vivir siete vidas?

Y Mambrú le contestó:
—Mi secreto es muy sencillo.
Pues no consiste sino
En frecuentar como yo
El aseo y el cepillo.

LA ROSA Y LA CEBOLLA

Con la Cebolla un día
Juntose por azar fragante Rosa,
Y cual cebolla a poco tiempo hedía.
Siempre, siempre se gana alguna cosa
En buena compañía.

LA NARIZ Y LOS OJOS

Púsose la nariz mal humorada
    Y dijo a los dos ojos:
«Ya me tienen ustedes jorobada
    Cargando los anteojos»

«Para mí no se han hecho. Que los sude
    El que por ellos mira»;
Y diciendo y haciendo se sacude.
    Y a la calle los tira.

Su dueño sigue andando, y como es miope,
    Da un tropezón, y cae.
Y la nariz aplástase... Y del tope
    A los ojos sustrae.

Sirviendo a los demás frecuentemente
    Se sirve uno a sí mismo;
Y siempre cuesta caro el imprudente
    Selvático egoísmo.

EL BÚHO Y EL PALOMO

Érase un búho, dechado
De egoísmo el más perfecto,
De todo siempre esquivado,
Cual si diera resfriado
Su agrio, antipático aspecto.

«¿Por qué me aborrecerán?»
Dijo irritado y confuso
A un palomito galán.
—«Por culpa tuya», él repuso:
«Ama, ¡oh búho! y te amarán».

28

EL NIÑO Y LA MARIPOSA

El niño —Mariposa,
Vagarosa
Rica en tinte y en donaire,
¿Qué haces tú de rosa en rosa?
¿De qué vives en el aire?

La mariposa —Yo, de flores
Y de olores,
Y de espumas de la fuente,
Y del sol resplandeciente
Que me viste de colores.

El niño —¿Me regalas
Tus dos alas?
¡Son tan lindas! ¡Te las pido!
Deja que orne mi vestido
Con la pompa de tus galas.

La mariposa —Tú, niñito
Tan bonito,
Tú que tienes tanto traje,
¿Por qué envidias un ropaje
Que me ha dado Dios bendito?

¿De qué alitas
Necesitas
Si no vuelas cual yo vuelo?

¿Qué me resta bajo el cielo
Si mi todo me lo quitas?

Días sin cuento
De contento
El Señor a ti te envía;
Mas mi vida es un solo día,
No me lo hagas de tormento.

¿Te divierte
Dar la muerte
A una pobre mariposa?
¡Ay! quizás sobre una rosa
Me hallarás muy pronto inerte.

—Oyó el niño
Con cariño
Esta queja de amargura,
Y una gota de miel pura
Le ofreció con dulce guiño.

Ella, ansiosa,
Vuela y posa
En su palma sonrosada,
Y allí mismo, ya saciada,
Y de gozo temblorosa,
Expiró la mariposa.

EL AMA Y EL NIÑO

«¿Dónde está Papá Divino?
Preguntó a su niño el ama;
Te daré un dulce en la cama
Si me respondes con tino»

Y él, con sonrisa de cielo,
Repúsole: «Y yo, ¡bah! ¡bá!
Te daré un rizo de pelo
Si me dices dónde no está»

LAS AMENAZAS

—A que te muerdo, ¡Chivo!
—A que te embisto, ¡Perro!
—¡Ah! fue chanza, compadre,
Los dos no reñiremos.

Así la gente asustan
Muchos presuntos héroes
Que resultan compadres
En parándoles en seco.

LOS DOS GUAPOS

Juraron dos conejitos
Portarse a cual más valiente

31

Dando muerte al viejo lobo
Que anda asustando a la gente.

Cada conejo a su esposa
Le ofrece un traje de gala:
Desde antes de irla a buscar
La rica piel le regala;

Y al gazapito querido
Y a su adorada gazapa,
La cola del lobo fiero
Que en esta ocasión no escapa.

Salieron tambor batiente
Y banderas desplegadas
Haciendo temblar el mundo
Al golpe de sus pisadas.

Llegaron, y a tan buen tiempo
Como para el huevo el pan,
Casualmente cuando entraba
En su cueva el perillán.

Alcánzanle a ver la cola,
Y heroicos como una liebre
Vuelven caras y huyen listos
Trayendo a casa... la fiebre.

EL CABALLO Y EL GORRIÓN

Dijo al Caballo el Gorrión:
«Tu comedero está lleno,
Mientras yo bostezo y peno
Sin migaja de ración»

«Dos granos menos o más
¿A ti qué te importa, di?
¿Podré tomarlos de aquí
O tú te incomodarás?»

Y el Caballo respondióle:
«Trátame con más confianza;
Hay para entrambos, y alcanza
Para tu amada y tu prole»

—«¡Gracias!» trinó el pajarito,
Y sin temor ni querella
Comieron de una gamella
Como hermano y hermanito.

Vino el verano, y con él
Mil moscas desesperantes
Que de su sangre anhelantes
Cayeron sobre el corcel.

Pero el Gorrión sin esfuerzo,
Sirvióle de policía,

Pagando así cada día
El hospitalario almuerzo.

EL ROBANIDOS

Los pajarillos robados
Penan mucho y mueren luego,
Y es un crimen que a los bosques
De tanto cantor privemos,
De tanto trino y murmullo,
Alegría de los vientos,
Niños del fresco arbolado,
Serenatas de los cielos.

Robóse Macario un nido,
Con cuatro implumes polluelos,
Y llevóselo a su casa
Dando brincos de contento;
Mas ¡ay! esa misma noche
Se los comió el gato negro,
Y él puso el grito en las nubes
De angustia y cólera lleno.

—¡Cállate! la madre díjole;
¿Por qué tales aspavientos
Si el gato no hizo otra cosa
Que lo que te ha visto haciendo?
Y antes más cruel tú fuiste
Que ese irracional, respecto

A los inocentes padres
De esos pajarillos tiernos.

Por tu propio dolor juzga
Del dolor y del despecho
De su madre, que irá loca
Buscándolos y gimiendo.

Cada dolor que causamos
Justo es que se vuelva nuestro,
Nadie debe divertirse
Con los dolores ajenos.

EL NIÑO EMBARCADO

Iba por vez primera
Un párvulo embarcado,
Aguas abajo un río
Rápidamente andando.

—«¡Papá! ¿qué nos sucede?
Gritó con sobresalto;
¡Mira esas casas, mira
Esa canoa, ese árbol!
¡Míralo todo; todo
Va huyendo, va volando,
Y dejándonos lejos,
Y solos, y embarcados!
¡Mire usted, señor Cura,

Mire su campanario!
¿Dónde dirá usted misa?
¿Qué hará sin su caballo?
Y ¿qué se harán sus pobres
Y tanta gente? Al cabo,
Tal como usted lo dijo,
Se llevó al pueblo el diablo;
¡Y adónde volveremos
Si todo a un mismo paso
Va huyendo, y nada vuelve,
Como si fuera encanto!»

Mucho rieron todos
Oyendo estos desbarros,
Mas díjoles el Cura:
—«¿Sois vosotros más sabios?»
¡Ah! *cómo pasa el tiempo,*
Decimos cada rato,
Y somos ¡ay! nosotros
Los que pasando vamos.

LA ABEJA SENSATA

¿No te emponzoñas, oh abeja,
Chupando de flor en flor?
—¡Ah! no: mi boca bermeja
Absorbe el néctar, y deja
El tósigo estragador.

Tan sólo miel saca el bueno
Do el malo, sólo veneno.

Noviembre 9: 1870.

EL NIÑO POBRE

(De L. Ratisbonne)

Iba una madre pobrísima
Con su hijita por la calle,
Harapientas todas dos,
Todas dos flacas de hambre,
Y al pasar frente a una tienda
De juguetes de mil clases
Dijo la madre a la niña,
Deteniéndose un instante:
—«¡Mira qué cosas tan lindas!
¡Qué muñecas! ¡y con trajes!
¡Y ratones que andan solos!
¡Y bailarinas de alambre!»
—¿Y de qué sirve todo eso?
Preguntó la hija a la madre.

¡Infeliz!... ¡Cuántos como ella
Ni que son juguetes saben!

Nueva York, enero 31 1872.

EL ALMA

—«¿Qué es, caballeritos, lo que os muestro?»
—«Un reloj, claro está.» —«¿Por qué?»
—«Porque anda»,
Responden unos niños al maestro
Que aquello les demanda,
Suspendiendo un reloj de doble caja
En su mano derecha. Luego toma
En la izquierda la caja; en la otra asoma
El reloj, y les cambia la pregunta:
—«¿En dónde está el reloj?» —«En la derecha.»
—«¿Y por qué?» —«Porque aquello es lo que anda,
Y lo que anda es reloj, y el resto es caja»—.

Entonces les baraja
Las manos y las cosas, de tal modo
Que ni con ojos de escuelantes puedan
Advertir cómo repartidas quedan;
Y torna a preguntar: —«¿Dónde lo he puesto?»
Ellos al punto acercan el oído
Y dicen: —«¡En la izquierda, por supuesto!—»
—«¿Y en la izquierda por qué?» —«Porque el sonido lo denuncia bien presto»

Por último el maestro descompuso
En cuatro piezas la vetusta alhaja,
Máquina, muestra, caja y sobrecaja.
—«¿Dónde está?» les repite; y la caterva
Con señalar la máquina repuso.
—«¿Cómo dijo él; reloj este esqueleto?»
—«Sí, señor, pues sin él cualquiera
observa
Que el puntero está quieto;
Luego quien lo hace andar es el sujeto»—.

—«¡Bien! dijo el pedagogo; este diurno
Señalador del tiempo
No es más que una invención del alma
humana,
Hecha a imagen del hombre, que a su
turno
Lo es de la Omnipotencia Soberana.

Nuestro cuerpo es la caja, el hospedario
De un reloj inmortal; y aunque el primero
se hunda en la mar, o el fuego lo consuma,
El alma, hoy a los ojos escondida, seguirá
andando, y con su andar, la vida»—.

EL LIBERTADOR

Libró de ignorancia al mundo,
Y al cuerpo de enfermedad,

Y de olvido a tiempo y obras,
Y de ocio y tedio al mortal.

Y porque aun del mismo diablo
Puedo a sus siervos librar,
Me dieron por nombre *El libro,*
Símbolo de libertad.

Nueva York, octubre 18: 1871

EL NIÑO Y EL BUEY

El niño —¿En qué piensas todo el día
Tendido sobre la yerba?
Parécesme un gran doctor
Embelesado en su ciencia.

El buey —La ciencia, niño querido
No es lo que a mí me alimenta;
Ésa es fruto del estudio,
Con que Dios al hombre obsequia.

Fuera el pensar para mí,
Pobre animal, ardua empresa;
Prefiero hacer treinta surcos
Antes que aprender dos letras.

Mascar bien, me importa más
Que una lección en la escuela.

Con las muelas masco yo,
Tú, niño, con la cabeza.

Pero si anhelas ser sabio
Ojalá viéndome aprendas
A rumiar, y rumiar mucho,
Cada bocado de ciencia.

El digerir, no el comer,
Es lo que al cuerpo aprovecha,
Y el alma, cuerpo invisible,
Tiene que seguir tal regla.

Sin rumiarlo bien, no engullas
Ni una línea, ni una letra;
El que aprende como un loro,
Loro ignorante se queda.

EL DESCALZO Y EL MUTILADO

Recostado a un tronco,
Cruzado de manos
Lamentaba un pobre
No tener zapatos.
Largo era el camino,
Y estaba pensando
Cómo y a qué piedra
Daría otro paso,

Cuando un tronco vivo,
Que andaba arrastrándose,
Púsosele en frente
Pidiéndole un cuarto.
Contóle el primero
Su mísero caso,
Y el otro le dijo
«¡Qué! ¿Por eso hay llanto?
Tú no tienes botas
Para andar calzado,
Mas yo ni pies tengo
Con qué andar descalzo;
Y así cual me miras
Me alivio pensando
Que debe haber muchos
Aún más embromados».

Estas palabritas
Confortáronle algo,
Y siguió con ellas
Como con zapatos.

Noviembre 8: 1870

LOS PADRES

Si he nacido de mi padre
Y mi padre de mi abuelo,
Y mi abuelo de su taita,

Que también era hijo y nieto;
Y si todos cuantos hubo
Han venido así naciendo
De sus padres respectivos
Hasta Adán, que fue el primero,
Como Adán tampoco pudo
Nacer hijo de sí mismo
Tuvo pues que hacerlo un Dios,
Luego hay Dios, y es Padre Eterno.

Nueva York, octubre 8: 1871

EL CUERPO Y EL ALMA

Dijo el Cuerpo: Yo me toco
Y yo me oigo y gusto y veo,
Y por tanto en mí sí creo,
Y hasta allí no me equivoco.
¿Pero el alma?... Ese es el coco
Nunca oído y nunca visto:
Y un fantasma desprovisto
De estos medios que yo tengo
De sentirme, no convengo
En que exista cual yo existo.

Oyó el alma estas razones
De sabores y de olfato,
Y le dijo: Cuerpo ingrato,
¿Qué, sin mí, fueran tus dones?

Tus sentidos son peones
De mi juicio y mi deseo,
Y si lengua no poseo,
Ni oigo, miro, escribo y tiento
Yo en mi trono atrás me asiento
Y allí, dicto, escucho y veo.

Si no me oyes ni me ves,
Y por tanto audaz declaras
Que no existo, me preparas
Para volverte al revés,
Dí ¿Cuál tienes de las tres
Potencias con que yo cuento?
¿Quién te ha dado entendimiento
O memoria o voluntad?
Y pues de esa trinidad
Facultad ninguna invistes,
Digo yo que tú no existes
O ambos somos realidad.

DIOS

¿Quién te dio tantas estrellas
¡Oh Cielo! y tanto arrebol
Y nubecillas tan bellas?
—Y el Cielo contesta: *Dios*.

¿Quién te ha dado ese fecundo
Raudal fulgurante, ¡oh sol!

Que alumbra y calienta el mundo?
—Y el astro responde: *Dios*.

Y esa magnífica alfombra
¡Oh tierra! ¿quién te la dio
Y árbol tanto y fresca sombra?
—Y dice la tierra: *Dios*.

¿Y quién os corta y os pinta
¡Oh flores! con tal primor
De forma y color distinta?
—Y las flores dicen: *Dios*.

¿Y quién a vosotras ¡oh aves!
A volar os enseñó
Y a trinar cantos suaves?
—Y al punto contestan: *Dios*.

Y ¡oh frutas! ¿quién os madura?
Y ¡oh flores! ¿quién os da olor?
Y ¡oh fuente! ¿quién tu onda pura?
Y todas murmuran: *Dios*.

¿Y quién me dio el sentimiento
Y estos dos ojos me dio
Para ver tanto portento
Y gozar viéndolo?: *Dios*.

¿Y quién, ¡oh bondad que adoro!
Me dio en su infinito amor

Mi más querido tesoro,
Una madre? —Sólo *Dios*.

EL GATO MENTIROSO

Dio muerte el Gato a un turpial,
Y el Perro, entre airado y triste,
Dícele: —«¡Monstruo! ¡tú fuiste!»
Y aquel responde: —«No hay tal».
La boca del criminal
Entonces el Can huele y toca,
Y al ver que no se equivoca
Lo hace pedazos, gruñendo:
—«La mentira es vil remiendo
Que asoma siempre en la boca».

EL PINZÓN Y LA URRACA

—Enséñame una canción
—Dijo la urraca habladora
Al gayo y diestro pinzón
Que saludaba a la aurora.

—¿A ti? repuso éste, ¡vaya!
No te burlarás de mí;
a pájaros de tu laya
¿Quién pudo enseñarles, dí?

—¿Y por qué? —Porque es preciso
para aprender, escuchar,
Y un charlatán nunca quiso
Dejar hablar, sino hablar.

LOS CARIÑOS DEL GATO

Yendo un niño de paseo
Con su bizcocho en la mano
Un gato, al dulce olfateo,
Con mucha soba y arqueo
Llegósele cortesano.

Movido a tanto cariño
Sentólo en su falda el niño,
Diole a comer su refresco,
Y sin un adiós ni un guiño
Marchóse el gato muy fresco.

«¡Ah! dijo el obsequiador,
Con la nariz algo larga,
¿Es decir que tanto amor
No era por mí, adulador,
Sino por mi dulce carga?».

Falso y vil es tanto ser
Que adula para comer.

EL POTRO SIN FRENO

«¡Hoy no! ¡no aguanto freno ni jinete!
Sin carga y libre correré mejor»;
Dijo al amo un caballo mozalbete
Que a otro a correr soberbio desafió.

—«¡Aguarda!» grita el dueño, él no le
escucha,
Y dada la señal —¡uno! ¡dos! —¡tres!
Parten a un tiempo en su ardorosa lucha,
Con su jinete el otro, éste sin él.

¿Qué sucedió? —Bien pronto se desboca,
Y ciego, incontenible, se estrelló
Y cayó muerto, en pena de su loca
Sorda desobediencia y presunción.

Y así corre a perderse el necio niño
Que no sabe escuchar y obedecer,
Ni estima la experiencia y el cariño
Con que lo *enfrenan* por su propio bien.

LA ZORRA Y EL MONO

Dijo a la Zorra el Mono
Con jactancioso tono:
¿Quién mi talento excede?
Nómbrame un animal

Al cual yo no remede
Con perfección cabal».

—«Y tú, soberbia alhaja,
Responde la marraja,
Nómbrame alguna bestia
Que quiera baladí
Tomarse la molestia
De remedarte a ti».

EL ESCUELANTE Y LA ORUGA

«¡Feliz la mariposa que libre al aire vuela!»
Decía un estudiante cansado de su
escuela;
«¡Qué suerte me ha tocado! ¡qué esclavitud
la mía!
¡Vivir atado a un libro! ¡trabajar todo el día!»
Y luego dirigiéndose al tejedor gusano
Le dijo: «¿Qué capricho de fraile cartujano
Te induce a atarearte labrando tu prisión?»
—«Con gusto la trabajo, pues de mi triste
fosa
Saldré luciente y libre y alada mariposa»,
Fue su contestación.

A estudio y disciplina resígnate, estudiante,

Que nunca entre los hombres fue libre el
ignorante.
Hoy no sabes ser libre. La virtud y la
ciencia
Serán tu independencia.

LAS DOS REJAS DE ARADO

Tras de largo reposo
La reja de un arado
Habíase tomado,
Y caduca, inservible parecía.
Vio pasar otra reja,
Su hermana y su pareja,
Que reluciente y en flamante estado
De su labor volvía,
Y díjole: —«¿Por qué si el mismo día
Del mismo material y el mismo hierro
Salimos todas dos, tú estás lozana
Como un peso acuñado esta mañana;
Mientras que yo, cual sucio pordiosero,
Deslustrada vegeto y degenero?
¿Dónde te embelleciste, y cómo
y cuándo?»
—Hermana, trabajando.

LAS QUEJAS

Sólo el asiento de otro
Caliente hallamos;
Calor de asiento propio
No lo notamos.

Juan se queja de Antonio
Que lo desvela
Porque suele encendida
Dejar la vela;

Y en tanto el delicado
Que hace el reproche
Ronca como un infierno
Toda la noche;

Y luego íntegro el día
Vive silbando
O dándole a un chirriante
Violín infando.

Antes que a otros recuerdes
El catecismo
Repásalo primero
Para ti mismo.

51

LOS LLORONES Y EL TOPO

Ardiendo en tontos anhelos
El mono y el asno un día
Cayeron en la manía
De importunar a los cielos.

—¡Ah! sin cola, ¿qué hago yo?
Chilló el mono en tonos tiernos.
—¿Y por qué no tengo cuernos?
El jumento rebuznó.

—¡Necios que así os lamentáis,
Les dijo el topo, ¿qué hicierais
Si como yo, topos fuerais?
Tenéis vista y os quejáis!

EL EGOISTA AFORTUNADO

Viajando Luis con Justino,
Un gran bolsón de dinero
Topáronse en el camino.

Alzólo Luis muy ligero,
Y el otro habló: «¡Nos aviamos!
Estamos bien, compañero».

—«*Estoy*, no digas *estamos*»,
Repuso Luis con un gesto
De no esperes que partamos.

Y lo guardó. —Mas en esto
Asomaron dos bandidos
Intimándoles arresto.

—«¡Ayuda! ¡o somos perdidos!»
Clamó Luis con tanta boca
Y ojazos despavoridos.

—«No, amigo, usted se equivoca,
Le replicó el camarada
Diga *soy*, que a usted le toca».

Y como cierva espantada
Libróse de los bergantes,
Y el Luis quedó en la estacada.

Con lo cual, en dos instantes,
Se halló cual vino a la cuna,
Más limpio y mísero que antes.

El que en la buena fortuna
Con otros no parte astilla,
Pida socorro a la luna
Al volverse la tortilla.

LOS DOS VASOS

Un vaso lleno de aire
Dijo a otro lleno de oro:
¿Quién es el más sonoro?
¿quién gasta más donaire?

—Tú, el otro le contesta,
Pues siempre el más vacío
Descuella entre el gentío
Por su charla inmodesta.

EL HUMO Y LA LLAMA

¿Por qué, mamita mía
(Dijo a la llama el humo),
Tú eres brillante siempre
Y yo soy siempre oscuro,
Cuando nada es más claro
Que, siendo yo hijo tuyo
Tu rasgo distintivo
Debiera sernos mutuo?

—Hijo, la cosa es vieja
(La llama le rupuso):
Sólo con brillo propio
Se brilla en este mundo.
Es hijo de sus obras
Cada cual; y a ninguno

Padre ilustre ilustróle
Ni lo infamó hijo bruto.

EL AÑO NUEVO Y EL OCIOSO

El ocioso —Pasa pronto, ¡oh año nuevo!
Si eres como el que pasó,
Año al cual nada le debo
Porque nada me dejó.

El año nuevo —Si el vano placer buscaste
Cogiste agua en una red.
¿Qué extrañar si hoy no encontraste
Ni gota para tu sed?

No, pues, te quejes del año
Sino de ti. Dicho está
Que todo el que siembra engaño
Desengaño cogerá.

Labor en vez de proyectos,
Acción en vez de ilusión,
Obras en prueba de afectos,
Goces en tiempo y razón;

Buscar esos que propendan
Al trabajo y la salud,
Y evitar cuantos ofendan
El oficio y la virtud:

Si esto practicas atento
Un tesoro deberás
De adelanto y de contento
Al año nuevo en que estás.

Bogotá, enero 1o. 1875

CUTUFATO Y SU GATO

(Hecho para Luis F. Mantilla, para unos grabados)

I

Quiso el niño Cutufato
Divertirse con un gato;
Le ató piedras al pescuezo,
Y riéndose el impío
Desde lo alto de un cerezo
  Lo echó al río.

II

Por la noche se acostó;
Todo el mundo se durmió,
Y entró a verlo un visitante,
El espectro de un amigo,
Que le dijo: «¡Hola! al instante
  ¡Ven conmigo!»

III

Perdió el habla; ni un saludo
Cutufato hacerle pudo.
Tiritando y sin resuello
Se ocultó bajo la almohada;
Mas salió, de una tirada
    Del cabello.

IV

Resistido estaba el chico;
Pero el otro callandico,
Con la cola haciendo un nudo
De una pierna lo amarró,
Y, ¡qué horror! casi desnudo
    Lo arrastró.

V

Y voló con él al río,
Con un tiempo oscuro y frío,
Y colgándolo a manera
De un ramito de cereza,
Lo echó al agua horrenda y fiera
    De cabeza.

VI

¡Oh! ¡qué grande se hizo el gato!
¡Qué chiquito el Cutufato!
¡Y qué caro al bribonzuelo

Su barbarie le costó!
Mas fue un sueño, y en el suelo
   Despertó.

Hyde Park, octubre 18: 1870

EL MONTE Y LA ARDILLA

(Traducción de Ralph Waldo Emerson)

El monte y la ardilla
   Tuvieron riña.
Y el primero «engreidita»
   Llamó a la niña.

Y ésta dijo: —Sin duda
   «Tú eres grandísimo,
Pero a lo grande ayuda
   Lo pequeñísimo».

Y para hacer completos
   Planetas y años
Entran tiempos y objetos
   De mil tamaños.

¿Por qué ha de avergonzarme
   Llenar mi puesto?
Y tú, ¿por qué enrostrarme
   Que él es modesto?

Tal vez Dios te hizo grande
      Y a mí pequeña
Para que te use y te ande
      Como tu dueña.

No cual tú soy tamaña,
      Ni eso me pica;
Tú tampoco, montaña,
      Cual yo, eres chica.

Todo está bien, y en partes
      Muy convenientes,
Y hay aptitudes y artes
      Bien diferentes.

Yo en llevar bosque a cuestas
      No haré tus veces,
Ni tú conmigo apuestas
      A romper nueces.

Nueva York, febrero 14: 1871

LAS RANAS Y LA ANTORCHA

(De von Logau, traducido por Longfellow)

Cuando en la noche oscura
      Cantan las ranas

(Si taladrar orejas
    Cantar se llama),
    Prendo una antorcha,
Y al instante enmudecen
    Las voceadoras.

Así los embusteros
    y los farsantes
Mienten, charlan, calumnian
    Cuanto les place;
    Mas de improviso
La Verdad aparécese,
    Y... ranas; ¡chito!

LA ESTATUA Y EL PEDESTAL

—¿Osas compararte a mí?
Dijo al Pedestal la fatua
Estatua;
Yo asiento los pies en ti,
Toco el cielo desde aquí,
Y en pensándolo, vil trasto,
Te aplasto.

—Vamos despacio, dijo él:
Tan alto, sale el juicio
De quicio,
Y la memoria es infiel.

60

Dime, si cambio en el nivel,
Si en mí no te sostuvieras,
¿Dónde fueras?

EL GATO GUARDIÁN

Un campesino que en su alacena
Guardaba un queso de nochebuena
Oyó un ruidito ratoncillesco
Por los contornos de su refresco,
Y pronto, pronto, como hombre listo
Que nadie pesca de desprovisto,
Trájose al gato, para que en vela
Le hiciese al pillo la centinela,
E hízola el gato con tal suceso
Que ambos marcharon: —ratón y queso.

Gobiernos dignos y timoratos,
Donde hay queso no mandéis gatos.

LA CANGREJA CONSEJERA

Anda siempre derecha,
        Querida hijita
(Mamá Cangreja díjole
        A Cangrejita);
        Para ser buena,

Obedece a tu madre
Cuanto te ordena.

—Madre, responde aquella,
Voy a seguirte,
No quiero en ningún caso
Contradecirte.
Ve tú delante,
Que dándome el ejemplo
Lo haré al instante.

EL CIEGO EN LA CORTE

Fue un ciego a la corte un día,
Y como el rey le dijera:
«Qué aburrimiento, a fe mía,
Debe ser tu vida entera».

—«Grande, sí, le respondió,
Pero me aflijo algo menos
Al pensar que, como yo,
Tú ves con ojos ajenos.

LA HISTORIA

Entrando en su nuevo imperio
Un grande conquistador,

Vio con asombro la estatua
Del déspota más feroz,
Y al pie inscrito: «*al rey clemente,*
Al padre de la nación
La gratitud de los hijos
Este monumento alzó».

—¿Cómo es posible, pregunta
A un vencido el vencedor,
Que del monstruo de la historia
Hagáis aquí un semidiós?

—Señor, contesta el primero,
Fácil es la explicación:
La estatua se le hizo en vida,
La historia en cuanto murió.

LA FLECHA

«¡Aves! ¡nubes! ¡mis émulas!
«¡Huéspedes de los aires!
¡Heme aquí, ya subí, ya el cielo es mío!»
Dijo liviana flecha al encumbrarse.
—Sí, repuso el cernícalo
Con retintín picante,
Mas tú, ¡oh emperatriz! subes por otro;
Y por ti misma de redondo caes.

EL TREN DE VAPOR

Levantador de valles y aplastador de montes,
Procusto de la tierra y escándalo del viento,
Un vapor-tren avánzase con ímpetu violento,
Haciendo a sus bufidos vibrar los horizontes.
El suelo gime al peso de cada enorme carro,
Salúdanlo las turbas con cauta timidez;
... Mas ¡ay! soltó en los rieles un párvulo un guijarro!
Y tren, y gente, y carga destrózanse a la vez.

Triunfad, ¡grandes del mundo! ¡hollad al que os eleve!
¡Mas cuenta no os aguarde un guijarrito aleve.

EL NIÑO GRANDE

Sobre una mesa, encaramado,
«¡Qué grande estoy!» dice Tomás.
—«Sí, pero baja del tablado,
«Responde un chusco, y de contado
«Que tal como eres te verás».

Hay muchos grandes muy enanos,
Ricos, validos, soberanos,
Grandes que *están* y que no *son;*
Y que son siempre los más vanos
De su grandor de posición.

LOS TRES BUEYES

Tres bueyes, bien seguros
Contra lobos y apuros,
En fraternal concordia
Partían de una dehesa...
Cuando súbito entre ellos se atraviesa
Frenética discordia.

El lobo que se alampa
Por tales descarríos,
Cobra en el acto bríos,
Y uno por uno a todos tres se zampa.

—¡Unión, paisanos míos,
U os llevará la trampa!

EL SOL Y EL POLVO

Alzándose en furioso torbellino
Eclipsó el polvo al sol,

65

Y gritóle por mofa: «¡Astro divino!
«¿Dónde estás? ¿qué te hiciste?...». Y su camino
   Siguió en silencio el sol.

Y cesó el huracán; y tornó al cieno
El polvo vil; y en el azul sereno,
   De gloria y pompa lleno,
   Siguió en silencio el sol.

UNA VISITA LARGA

Estaba doña Perra
En víspera de parto,
Y sin covacha en donde
Salir de su cuidado.
En tal apuro acuérdase
De una íntima de antaño,
Perra de muy buen genio
Y dueña de un buen cuarto.
Diole unos tantos besos
Y otros tantos abrazos,
Y haciéndole mil mimos
De orejas y de rabo,
—«Amiga de mi vida,
«Le dijo al fin, ladrando,
«¡Qué dicha siento en verla
«Después de tantos años!
«Y está qué buena moza,

«Mejor que nunca ha estado;
«El tiempo en su hermosura
«No deja ningún rastro.
«Ya que la encuentro, sepa
«Que hoy no me le separo,
«Que los buenos amigos
«Son el mejor hallazgo.
«Si usted no está de prisa
«Entremos a su cuarto,
«Y cuénteme su vida
«Que me interesa tanto...».

En estas y las otras
La dueña se distrajo,
Y sobrevino súbito
El gran conflicto, el parto.
Ella fue comadrona,
Criada y boticario,
Y madrina de todos
Los seis desembuchados.
Ella hizo las expensas
Ella cocinó el caldo,
Y, en fin hallando estrecha
Su casa para tantos,
Dijo a la amiga: «Amiga,
«Estamos apretados;
«Quédese aquí unos días,
«Yo vagaré entretanto».

Pasados quince o veinte
Volvió a pedir su cuarto,
Mas la recién parida
Pidióle un corto plazo.
«¡Comadre generosa,
«Prolóngueme su amparo,
«Haga el favor completo!
«Dentro de veinte, salgo.
«Me temo todavía
«Coger un resfriado,
«Estas criaturas tiernas
«Aún no saben dar paso».
La hospitalaria amiga
Accede a ruego tanto;
Vuelve a los veinte, y la otra
Vuelve al cantar pasado:
«¡Comadre de mi vida,
¡El tiempo está tan malo!
¡Deme otro plazo, el último!
¡Mire!... ¡oiga!... ¡hágase cargo!».

La dueña vio a la postre
Que esto rayaba en chasco,
Y le enseñó el colmillo
Gruñendo: «¡Afuera! ¡vamos!»
¡Ah! ¡quien tal dijo! al punto
La otra se armó de un salto,
Y desplegando al frente
Seis cachorros tamaños,
«¡Échenos el que pueda!»

Ladró con gesto de amo,
Y la infeliz patrona
Marchóse rezongando.

Hay pues entre los perros
Anexionistas galgos
Que juegan la de Walker
Al Centro Americano.

PENSABA EN TI

—¡Ah! por fin, ¡llegaste ya!
¡He pensado tanto en ti!
—¿De verás?
      —Sí, papá.

      —Y di,
¿Qué pensabas de papá?
—Pues bien, pensé que quizá
Me traerías un tití
O una muñeca...

      —Hela aquí.
—¡Hola! ¡y qué galana está!
—Sí; pero hijita, ojalá
No me recuerdes así.
Pensabas en ti, no en mí;
Y muy poco afecto da

Y a nadie cautivará
Quien no se olvide de sí.

LA NIÑA CURIOSA

Curiosa,
Perversa
Estúpida
Es Pepa.

Tuvo una
Muñeca
Muy guapa,
Muy bella,
Vestida
De fiesta,
Cual una
Princesa,
Con rizos
Y medias
Y aretes
De perlas.

Amábala
Tierna,
Dormía
Con ella,
y siempre,
Doquiera

Llevábala
A cuestas.

Mas, ¡ay!
Que las necias
No duran
Contentas;
Sus bienes
No aprecian
Ni el de otros
¡Respetan!
Un día
Que a Pepa
La indujo
Pateta
A darse
Fiel cuenta
De cosas
Secretas,
Armóse
Tremenda
Con unas
Tijeras

Y asiendo
Con fuerza
La linda
Muñeca
La zaja,
La opera
La hurga
La observa
De rizos
A piernas,
Destroza
Sus prendas,
Por dentro
Y por fuera;
La vuelve
Miseria,
Y, ¡oh grande
Sorpresa!
¡Qué chasco!
¡Qué pega!
La mona

No encierra
Ni un chícharo:
¡Es hueca!
Al punto
La necia
En llanto
Se suelta,
Y muérdese,
Y pégase,
Y grita
Frenética:
«¡Oh bárbara!
¡Oh bestia!
¡Ay! ¡pobre!
¡Muñeca!»
....
¡Curiosas
Polluelas!
Cuidado,
¡Que os pesa!

LAS PELEADORAS

La mamá de Blanca y Rosa
Trajo de la calle un día
Una muñeca preciosa,
Vestida como una diosa,
De seda y argentería.

—«¡Para mí! —¡No! ¡para mí!»
Gritó al verla cada una;
Y ella les dijo: ¡Alto ahí!
Si la disputáis así
Será más bien de ninguna.

Voy a dársela esta noche
A quien se porte hoy mejor;
Y si os portáis sin reproche
Todas dos, a la otra un coche
Daré del mismo valor.

La madre condescendiente
Dejó que una y otra niña
Viesen de cerca el presente;
Tomáronlo, y prontamente
Entre las dos se armó riña;

Pues cada cual se empeñó
Con manos, uñas y brazos
En que a ella se le dio
La muñeca; —y resultó
Que el dije se hizo pedazos.

No hay cosa más tonta y fea
Que dos niñas peleando;
Las detesta el que las vea,

Y pierden en la pelea
Eso que están disputando.

Nueva York, octubre 12: 1870

EL PAJARITO DE ORO

Despiértenme muy temprano,
Que quiero al campo ir a ver
Aquel pajarito de oro
Que canta al amanecer.

Dicen que nada hay más lindo
Ni trina con tal primor,
Pero que nadie lo ha visto
Pasando el primer albor.

De rubíes y esmeraldas
Bordado su cuerpo está,
Y hay en su frente una estrella
Que alumbra por donde va.

Y es pajarito casado,
Siempre anda con su mujer,
Y al cantar conversan juntos
Y hasta se dan a entender.

Él repite _rico, rico_
A cuantos niños lo ven;

Y ella *linda, linda, linda*
Dice a las niñas también.

Y cuentan que los muchachos
Que suelen dar madrugón
Para ir a ver su hermosura
Y oír su conversación,

Paran en hombres muy ricos,
Como el pájaro anunció,
Y en muchacha muy graciosa
La que sin gracia nació.

La aurora quiere a los niños,
Ella su color les da,
Con ese brillo y frescura
Que alumbra por donde va.

Y aquel pajarito de oro
Que canta al amanecer,
Es su niño, y nos convida
A que lo vamos a ver.

Nueva York, octubre 12: 1870

LAS REDOBLANTES

Hay muchas niñas parleras,
En quienes la educación

De los músculos vocales
Tal perfección alcanzó
Antes que hiciesen la suya
La modestia y·la razón,
Que parece que habla sola
Su boquita, y muy veloz,
Sin intervención ninguna
De autoridad superior;
Y tantas y tales cosas
Ensartan sin ton ni son,
Que redoblan despropósitos
Como redobla un tambor.

DIENTES Y CONFITES

Con nueces y confites
    Armaron riña
Los dientes primorosos
    De cierta niña.

Vamos a ver (gritaron
    Muelas y dientes)
    Quiénes son más bonitos
    Y más valientes.

Y bien pronto, en su rabia
    De basiliscos,
Pasaron de las voces
    A los mordiscos.

¡Tric! ¡trac! van repitiendo
    Dientes y muelas
Al modo de cachucha
    Con castañuelas;

Y nueces y confites
    Crujen, decrecen,
Se destrizan, se funden,
    Desaparecen.

Muertos los enemigos
    Y sepultados
Cantan triunfo los dientes
    Regocijados.

Mas ¡Ay! duró bien poco
    Su canto ufano,
Llegó el dolor de muelas
    Con lanza en mano,

Y a cada lancetazo
    Cruel les repite
¿No quieres otra almendra
    Y otro confite?

Y luego tuvo náuseas
    La pobre niña,
Y cayó cual ternera
    Con la morriña;

Pasó veinticuatro horas
    De ansias mortales,
Tomó aceites y polvos,
    Lloró a raudales;

No pudo ir a sus juegos,
    Quedó encerrada,
Y pagó en largo ayuno
    La confitada.

La que quiera volverse
    Pálida y fea
Y arruinar esos dientes
    De que alardea,

Casque nueces; y almendras
    Y dulces coma:
Esa es de las muchachas
    La gran carcoma;

Y hasta sus colorcitos
    Tan primorosos
Son venenos que tientan
    A los golosos.

Nueva York, marzo 20: 1870

LA MARRANA PERIPUESTA

Viénele a un mono la chusca idea
De ornar con flores a una marrana,
Y ella al mirarse ya tan galana,
Envanecida se contonea,
Y a cuantos mira grúñeles: «¡Ea!
«¡Paso a la Venus! ¡todos atrás!»

—«¡Ah! dijo el zorro: siempre eres fea;
«Pero adornada: ¡mil veces más!»

JUGAR CON FUEGO

De una lámpara en redor,
Girando cien mariposas,
Daban de golpes, furiosas,
Al fiel cristal protector.
«¿Por qué, celoso opresor,
«(Gritábanle) a nuestro juego
«Te opones tú?» —Luego, luego
Logró entrar una y se ardió,
Y así el cristal les mostró
Qué cosa es jugar con fuego.

Washington, junio 11: 1871

LA ROSA Y EL TULIPÁN

Aunque vecinos Tulipán y Rosa
    En jardín hechicero,
Y ambos en hermosura peregrinos,
La Rosa cayó en gracia al jardinero,
Y de sus manos recibir solía
Mayor cariño y preferente esmero.

Tal vez aún entre flores el gorgojo
    De los celos acosa;
Ello es que el Tulipán vio de mal ojo
Los cariños del amo, y ya creía
Que requebrar y acariciar la Rosa
Era su oficio todo el santo día.

Esto dio punto al sufrimiento. Al cabo
    Díjole en voz quejosa:
—«¿Por qué así me desquieres, jardinero?
«¿Qué te hice yo? ¿Mis gracias no merecen
«Una caricia tuya? ¿mis colores
«Más varios y brillantes no parecen
    «Que el de aquella vecina
«Perpetuamente carirroja, al modo
«De ordinaria y estulta campesina?
«¿Por qué para ella es tu cariño todo
«Y nada para mí?»

    —«No hables al aire,
«Soberbio Tulipán, contestó el dueño;

«Harto admiro tu pompa, y no hay desaire
«En darte a la medida de tus gracias
   «Mi cuidadoso empeño.
«Pero sabrás que de su copa escancia
«Más miel que tú mi Rosa favorita,
   «Y que a un banquete de simpar fragancia
«Con sus aromas al pasar me invita;
   «Y allí el largo deleite encuentro ufano
   «Que en la mera hermosura busco en
vano».
La que no es más que hermosa
Llámese Tulipán, pero no Rosa.

LA ORUGA Y LA DAMA

   «¡Ay! ¡qué gusano tan odioso y feo!
Quita lejos de aquí, me das horror»,
Exclamó Serafina al bamboleo
De cierta Oruga que su faz tocó.

   «—No he de ser siempre así, responde
aquella.
«Bien pronto rica en tornasol y en luz,
«Galana mariposa oronda y bella
«Has de admirarme y perseguirme tú.

   «Y muchas niñas hacen, lo sospecho,
«La misma metamorfosis que yo:

«Orugas al salir del blando lecho,
«Mariposa después del tocador».

LAS MODAS

En la capital japona
Topáronse de visita
Seis japonesas beldades,
Y una de acá elegantísima;
Y con trabajo ésta y ellas
Pudieron ahogar la risa
Mirando a la contraparte
Tan charramente vestida.

Deplora la parisiense
Ver formas tan exquisitas
En simple bata oriental
Con ancha faja ceñida.
Y en tanto las japonesas
Lanzan miradas de grima
Al cónyuge de la hermosa
apostrofándolo mímicas:
«¿Cómo es posible, señor,
«Que usted tolere y permita
«Que una mujer tan gallarda
«Con ese disfraz se exhiba?»

Poco a poco se le acercan
Ganadas por su sonrisa;

Todos los mil perendengues
Uno por uno examina;
Y de castaña a corsé,
Desde tontillo hasta liga,
Todo les causa terror,
Temiendo llevarlo encima.
Los zarcillos, más que nada,
Su cultura escandalizan;
Juzgan a sus portadoras
Las más inocentes víctimas,
Y declaran, a juzgar
Por la muestra que allí miran,
Que Europa entera está loca
Y en sazón para conquista.

Nueva York, febrero 12: 1872

EL GRANO Y LA PERLA

Un grano de arroz casó
Con una perla de Oriente,
Y blanco, terso, esplendente,
Cual la perla, se volvió.
Bien la hermosa comprendió
Que él, aunque pobre y sencillo
En opinión del bolsillo,
Era en bondad un joyel,
Y quiso, unida con él,
Darle su rango y su brillo.

LA ROSITA BLANCA

La rosita encendida
    Se volvió blanca
Por vivir entre un nicho
    De la barranca,
    Do el sol no llega
Ni el cielo su agua esparce,
    Ni el viento juega.

Un ruiseñor, que andaba
    Buscando flores
Escondidas al pico
    De otros cantores,
    Dio con la ermita
Donde estaba reclusa
    Nuestra rosita.

«¡Ah! exclamó, al fin te encuentro,
    «Sé tú mi esposa,
«Dame tu almíbar puro
«¡Cándida rosa!»
    Besóla ufano
Y ¡oh! descubrió en su cáliz
    Atroz gusano.

Allí no penetraban
    Picos amantes,
Ni aquellos elementos

Vivificantes,
Mas sí el insecto
Que a escondidas devora
Lo más perfecto.

Abierta al sol y al agua
Y aire del cielo,
De avecillas benignas
Bajo el desvelo,
¡Qué hermosa fuera!
Ningún torpe gusano
La consumiera.

LA GOTA DE AGUA

Al soplo de terrífico chubasco,
Alborotada lid del mar y el viento,
Onda espumante en sacudón violento
De agua una gota rebotó a un peñasco.

—«¡Ah! la gota exclamó; ¡por fin respiro!
«¡Feliz quien vive aparte y quieto y solo!
«Ora sí, ruja el mar y tiemble el polo,
«Yo desde aquí pacífica los miro.

«¡No ya conmigo jugaréis tirana,
«Mar caprichosa, ingobernable, impía!
«Divertíos con otras; yo soy mía,
«No más la ajena insensatez me afana

En esto el cielo abrió, y el sol sediento
Raído a la filósofa escamota.
Aún viviera en el mar la pobre gota;
Mas solitaria se secó al momento.

EL GLOBO Y LA GALLINA

Desde un corral, sin pasajero a bordo,
Débil de complexión, de vientre gordo,
Primer ensayo en física aerostática
De unos dos memoristas en gramática,
Estaba a punto de soltarse al viento
Un globo henchido de aire y de contento,
Cuando, viendo a su alcance a una gallina,
Habló y le dijo: «Venga usted, vecina;
«Le ofrezco gratis cómodo pasaje
«Para emprender en mi canasta un viaje.
«Respirará la atmósfera más pura,
«Verá la inmensa tierra en miniatura,
«Y del condor adelantando el vuelo
«Podrá tomar para corral el cielo,
«Y en lugar de maíz, prosaica dieta,
«Comerá estrellas, plato de poeta.
«Allá contará usted con larga vida
«Lejos del hombre, atroz gallinicida;
«El buitre quedará muy por debajo,
«Que antes los dos seremos su espantajo;

«Y en fin, buscando sólo su acomodo,
«Me comprometo a complacerla en todo».

A invitación tan generosa y fina
Contestó lo siguiente la gallina:
«—Agradecida por su oferta quedo,
«Pero confieso a usted que tengo miedo,
«Porque, hablando clarito, me presumo
«Que un individuo lleno de aire y humo
«Y que me brinda estrellas por comida,
«Debe ser mal patrón para esta vida.
«Ver a mis pies los buitres y los montes,
«Y tener por corral los horizontes,
«Deben ser cosas, para vistas, bellas;
«Pero... amigo... ¿a qué saben las estrellas?
«Mis alas son, para volar, muy malas,
«Mas lo poco que vuelo es con mis alas,
«Mientras que usted (aunque gentil me ofrezca
«Todas las gollerías que apetezca),
«Como su vuelo es al capricho de otro,
«Y de qué otro ¡el viento! cualquier potro
«Menos desconfianza me inspirara
«Pues, caso de caer, no reventara.
«Siga siendo el maíz mi vil sustento;
«Parta usted solo ¡oh tren del firmamento!
«Engulla estrellas al festín de Apolo,
«Y hártese de ellas y reviente solo».

Esto es bien claro: y sin embargo, hay
bobos
Que ya en lo mercantil, ya en casamiento,
Se embarcan para el cielo en vanos globos
Henchidos, no de poesía: de viento.

EN EL MERCADO

¡Suntuosa vulgaridad!
¡Qué de oro, perlas, diamantes,
Elocuentes, deslumbrantes
Como su frivolidad!

¿No hay más en casa, ya sean
De tu abuela o de tu prima?
Ve a buscarlos, que da grima
Que no estén donde se vean.

Vete, y vuelve bien cargada,
Para que más me intereses,
Que así valdrás lo que peses
Ya que sin *peso* eres nada.

Sazona tu insipidez,
Dora el magnífico loro,
Que siendo el anzuelo de oro
Algo atraparás tal vez.

Con ojos de mercaderes
Unas a otras os miráis
Las mujeres; y pensáis
Que somos también mujeres.

LA ELECCIÓN DEL BUQUE

¿Quién para ir al través del océano,
Pudiendo prevenirse cauto y lento,
Ruin barco elegirá, que el mar y el viento
Presto han de hundir en su rebote insano?

¡Ay del que en este piélago mundano,
Con la pasión por vela y bastimento,
En el bajel *Placeres de un momento*
Cándido embarca el corazón lozano!

Amad lo que no muere y nunca hastía,
Dad al alma el timón, e idle acopiando
Provisión de placeres inmortales.

Y al agotarse los demás un día,
Veréis, bajo las nieves invernales,
Joven y amante el corazón bogando.

LA FILOSOFÍA DE LA COCINA

Huevos, azúcar, grasa, leche, harina,
Harina, leche, grasa, azúcar, huevos,
¡Cuánto manjar, sin fin, viejos y nuevos
Surgen de ese quinteto en la cocina!

La obra es la mano. Así cual la Divina
Que, en Hugo arañas transfigura en Febos,
Manos hay que hacen néctares de sebos,
Y otras un bodrio vil de ancha gallina.

Así el numen magnífico, un diamante
Extrajo de un carbón siempre que quiso;
Y el miserable, de un diamante un cuerno.

Y una índole feliz así es bastante
A transformar un chozo en paraíso;
Y una mala, un edén en un infierno.

Bogotá, septiembre 23: 1886

LOS URDI-MALAS

Filino el toro asa-gente
        Inventó.
Fálaris lo halló excelente
Y con Filino, en caliente,
        Lo estrenó.

89

Pereció en la guillotina
    Guillotín;
Y toda invención dañina,
Contra aquel que la imagina
    Vuelve al fin.

EL AGUA Y EL JABÓN

—¡Ay! qué mugriento vienes,
Dijo el Agua al Jabón.
—Sí, dijo él: quien se ensucie
No se haga lavador.

EL HALCÓN Y LA GALLINA

«—Eres la más ingrata criatura»,
Apostrofó el Halcón a la Gallina.
«—¿Pero ingrata con quién?» —«¡Calla,
mezquina!
«Con quien te da corral, grano y holgura.
«Y después, si esa mano generosa
«Te quiere acariciar lo olvidas todo,
«Y alharaquienta y con grosero modo
«Como de un enemigo huyes medrosa.
«Yo que nada les debo mientras vivo,
«Yo que salvaje de carácter soy,

«Coger me dejo y do me mandan voy
«A la menor caricia que recibo».

«—Eso es verdad, dijo ella; y a mi juicio
«Ambos tenemos sólidas razones:
«Tú nunca viste al hombre asando halcones,
«Mientras que asar gallinas es su oficio».

EL CIEGO

En noche muy oscura
Iba un ciego con una linterna en la mano,
Y alguien pasa y murmura:
«¡Vaya un tonto! ¿de qué le sirve eso, paisano?»

Y respóndele: —«Amigo,
«Para que otro más sabio no choque conmigo».

EL VIOLÍN ROTO

Cayó al suelo un mal violín,
Y añicos lo hizo el porrazo;
Mas pedazo por pedazo
Restableciéronlo al fin.

Y ¡rara casualidad!
El vil resultó excelente.
¡Qué escuela tan conveniente,
Suele ser la adversidad!

LA PALOMA Y LA ABEJA

Viendo que estaba ahogándose
    Una abejita,
Una paloma tierna
    Se precipita,
    Y en una rosa
Que le lleva en el pico
    Sálvala airosa.

Poco después la abeja
    Vio que en la loma
Un cazador apúntale
    A la paloma.
    Vuela: en la mano
Pícalo atroz, y el tiro
    Tuércese vano.

No hay ser tan miserable
    Que nunca pueda
Pagarnos un servicio
    Que en su alma queda;
    No hay mayor goce

Que el de probar que el alma
Lo reconoce.

EL PERRO

Tipo de amigo leal
Es el perro; ningún bruto
Da al hombre más fiel tributo,
Mas heroico y liberal.
Mas no hay que pagarle mal,
Pues con la miel de su amor
Se hace el tósigo peor,
De lo cual infiero y digo
Que si ofendéis al amigo
No habrá enemigo mayor.

Nueva York, marzo 26: 1870

EL JOROBADO

La desgracia es fortuna,
La fortuna es desgracia,
Pues el Señor, sin excepción ninguna,
Compensa todo en su infinita gracia.

Al que dichoso nace
Y entre delicias crece,
Pronto ningún placer le satisface
Y en la flor de sus años envejece.

No de alto te envanezcas,
Ni de bajo maldigas;
Tal vez no hay mal que luego no agra-
dezcas,
Ni bien que no te cause agrias fatigas.

El amor cuesta llanto;
Con oro hay pobres vidas,
Y si los reyes no subieran tanto
No se dieran tan trágicas caídas.

Éranse dos hermanos
Que todo era hablar de ellos,
Bellos, graciosos, fuertes y lozanos
Y muy mimados dondequier por bellos.

Y otro hermanito había,
Jorobado, antipático,
Al cual nadie halagaba; y lo reñía
La cocinera misma en tono enfático.

Y como los primeros
Eran tan consentidos,
Resultaron solemnes majaderos
Y para toda vocación perdidos.

Dieron en caprichosos,
En vanos e informales;

Las faldas los volvieron perezosos,
Y la pereza los plagó de males.

El jorobado en tanto,
Hallando al mundo esquivo,
Se hizo sabio en la escuela del quebranto,
Y tuvo en él benéfico incentivo.

Vio que la vida es seria,
Y se armó muy temprano
Para no errar en la engañosa feria
Y luchar con los hombres mano a mano.

Lidió bien su batalla,
Trazóse ancho camino,
Rápidamente fue ganando en talla,
En opinión del sastre y del vecino.

Paró en *graciosa* aquella
Giba que tanto lloro
Causóle un tiempo; y susurraban de ella
Que era un costal repleto de onzas de oro.

Nueva York, septiembre 17: 1870

EL PERRO Y EL CONEJO

*(Compuesta en verso por Napoleón en la Escuela
de Brienne)*

César, perro de muestra bien famoso,
Mas vano y jactancioso en demasía,
Arrestado en su albergue mantenía
A un conejillo exánime de susto.
—«¡Ríndete!» le gritó con voz de trueno,
Que hizo temblar la población del bosque,
«Quien te habla es César; de mi nombre augusto
«Todo el mundo está lleno».

A este gran nombre conejín tirita,
Y encomendando a Dios su alma contrita
Asomó la nariz desde su encierro,
Y con trémula voz preguntó al perro:
«—¡Señor Excelentísimo!
«Sírvase Usía al menos informarme,
«Si yo me rindo, ¿cuál será mi suerte?
«—La muerte dijo el can» —«¡Qué oigo! ¡matarme!
«¿Y si huyo?» —«Claro está: también la muerte».
«—¡Ah! replicó el inerme animalillo,

«Que vive del tomillo,
«puesto que perecer siempre me toca
«Dígnese perdonarme Vuexcelencia
«Si trato de escapar de tal sentencia».
Y con la última sílaba en la boca
    Abandonó la plaza
Y huyó, cual cumple a un héroe de su raza.
Catón lo condenara; mas yo digo
Que hizo muy bien, como que al verlo en
fuga
El listo cazador, jefe enemigo,
    alza el arma, prepara,
    Le apunta, le dispara
Y... muere el perro; y conejín se muda.

Aquí el buen Lafontaine añadiría:
Ayúdate tú mismo y Dios te ayuda.
—Y esta moral me cuadra: esta es la mía.

EL JABALÍ Y EL GAMO

Aguzando mañoso los colmillos
Contra un robusto pino el Jabalí
Interrogóle el Gamo: «—¡Hola! ¿qué
piensas?
«No hay que temer; ¿por qué afanarte así?

«Si estuviese a la vista del oso, el lobo,
«Entonces santo y bueno: hay para qué;
«Pero entretanto pasarás por necio
«Y haces reír a todo el que te ve».

«El necio serás tú, responde el otro.
«Ahora es la ocasión; más tarde no.
«Cuando aparezca el lobo y me acometa
«¿Qué tiempo para armarme tendré yo?»

Tal obra el sabio: para todo evento
Muy de antemano se prepara bien,
Y no aguarda imprudente a que ya listos
Los enemigos a su puerta estén.

EL RATÓN ENVINADO

Ingeniándose andaba un ratoncillo
Para hacer su despensa, por el cuarto
De cierto aficionado a alzar el codo,
Cuando dio un paso en falso, y cayó el pillo
Dentro de un cántaro abierto
De no sé qué licor; y fue de modo
Que su naufragio era inminente y cierto:
Exquisito tal vez para un beodo,
Mas no para el ratón, pues de tal vicio
Nunca, hasta entonces, dio el menor indicio.

Nadaba y chapoteaba y volteaba
Desesperadamente, y dientes y uñas
Gastaba sin provecho,
Arañando los cóncavos oscuros
De aquel sofocador aljibe estrecho,
Cuando ¡apuro de apuros!
Vio asomar por la boca la cabeza
De un gato negro, hambriento policía,
Que el raro estruendo a investigar venía.

Salvarse en apretura tan severa
No era ya la cuestión: la cuestión era
Cómo morir más tarde;
Y pues el brandy es brío del cobarde,
Y hace que entre enemigo y enemigo
Se hable o se riña pronto, boqueando
Dijo al gato el ratón: «—Péscame, amigo,
«¡Que me estoy a-ho-gan-do!
«¡Hola!» respondió el gato, «¡enhorabuena!
«Te sacaré al instante, más con una
«Precisa condición: que en redimido,
«Me servirás de cena
«Sin tentativa de evasión ninguna».
Y el náufrago repuso: «—Convenido».

Metió el micho la mano, el ratoncillo
Salió prendido de ella, y de contado
Que el salvador clemente
Procedió a introducirle su colmillo...

Mas sobrevino un caso inesperado:
Antes de hacer bocado
El gato estornudó furiosamente
(Primerizo en ratón en aguardiente);
Y arreció el estornudo de tal modo
Que se olvidó de todo
Por sonarse y fregarse las narices...
Y el candidato huyó por la tangente.

«¡Alto ahí! ¿a dónde vas?» gritóle al punto
Que logró abrir los ojos: «¡oye infame!
«¿No cumples lo que dices?»

«—¡Bah!» respondió el presunto
Náufrago y colación de Su Excelencia.
«¿En dónde está tu ciencia y tu experiencia
«Si ignoras lo que reza el menos gato:
«que de gente envinada
«No hay que fiar; que su palabra es nada
«Y ruinoso y pestífero su trato?»

EL SERMÓN DEL CAIMÁN

Largo, ojiverde y más feo
Que un podrido tronco viejo,
Pero veloz cual trineo,
A pesar del bamboleo
Con que anda el animalejo,

100

Iba un paisano Caimán
Más hambriento que alma en pena
Corriendo tras de un gañán
Que sorprendió de holgazán
A orillas del Magdalena.

Casi alcanzábalo ya,
Cuando ocurrió al fugitivo
Cambiar el rumbo en que va,
Pues si no, no escapará
De un juicio ejecutivo.

Entonces a diestra y siniestra,
En zigzag trotó el patán,
Y fue táctica maestra,
Porque en girar no es muy diestra
La mole de don Caimán.

Este, colérico al fin,
Gritó al gañán: «—¡Hola, amigo!
«Eso es cobarde y ruin;
«Así lucha un malandrín,
«Mas no un hidalgo enemigo.

«Ande usted siempre derecho,
«Cual lo exige la virtud
«Y el honor de un franco pecho.
«Victoria sin rectitud,
«¿A quién dejó satisfecho?»

«—Aplaudo, gritó el zagal,
«Principios tan excelentes;
«Pero en lid de igual a igual
«Debes, según tu moral,
«Arrancarte antes los dientes».

La virtud del monstruo aquel
Es la de todo malvado,
Provechosa sólo a él
Para enlazar su cordel
Al cuello del hombre honrado.

Nueva York.

EL CAIMÁN VENCIDO

Aquel gañán respondón
Que un Caimán llamó cobarde,
No echó en olvido el sermón,
Y a pagarle la lección
Volvió en su busca una tarde.

Trajo un asta bien labrada,
Con una porra o cabeza
De agudas puntas armada,
Cubiertas de una carnada
Que niveló su aspereza.

Encontró al predicador
Como aguardando su vuelta,
Y a ley de buen contendor,
Se le avanzó sin temblor
Con recta marcha resuelta.

Como el fierro hacia el imán,
Parte el monstruo; su bocado
Sácale al frente el gañán;
Boca enorme abre el caimán
Y muerde, y queda clavado.

El fin del Caimán te advierte
Que la razón es más fuerte
Que la vil fuerza brutal;
Y que su éxito final
No hay quien burle o desconcierte.

LA SERPIENTE CARITATIVA

(Traducido de don José M. Hurtado, distinguido poeta de Londres)

Una astuta serpiente escuchó un día
Tierna avecilla que en su cárcel de oro
Lloraba ausente otro mejor tesoro,
Y el solitario encierro en que vivía.

Husmeó el reptil de dónde aquél venía
Limpio raudal de melodioso lloro,

103

Y resbalando hasta el cantor sonoro,
Se ofreció a entrar y hacerle compañía.

Fascinado el sencillo prisionero,
Ayudó con el pico; y la serpiente
Coló, zafando la sutil gamella.

Sorbióse al pajarillo incontinenti,
Pero tanto engrosó la traga-entero,
Que no pudo escapar, y allí quedó ella.

Nueva york, septiembre 25: 1870

EL LOBO Y EL PASTOR

Un Pastor su rebaño perdió entero
        De una peste horrorosa,
        Y el Lobo en faz llorosa
Vino a darle su pésame el primero:
«—¡Será posible desventura tanta!
        «¿Ni un cordero te resta?
        «A nueva tan funesta
«¡Ay! el dolor me anuda la garganta».

«—Mil gracias, señor Lobo, suspirando
        «El Pastor le responde;
        «Ya veo que usted esconde
«El compasivo corazón más blando».

«—Mucho, muy blando, murmuró ladino
«El Perro del rebaño,
«Siempre que te haga daño
«el daño que padezca tu vecino».

EL LOBO PINTOR

Garrote vil; tal era la sentencia
Que sobre un Lobo criminal pendía
Cuando apeló llorando a la clemencia
Del que vengar sus víctimas debía:
«—Quiero purgarme en santa penitencia
«Y a pan y agua poner mi gula impía.
«No probaré más carne, te lo juro,
«Ni olvidaré jamás trance tan duro».

Conmovido el Pastor dio libre al reo;
«Y encontrando éste, a poco trecho andado,
«Un cerdo que en sabroso chapoteo
«En un pantano se revuelca echado;
«¡Cumplo lo dicho! exclama; y como veo
«Que eso no es carne ya, sino pescado,
«Puedo en conciencia hacer el sacrificio».
—Y así respeta su palabra el vicio.

EL TAMBOR MONSTRUO

(Apólogo oriental)

Dijo un rey cierta vez; «—Quiero que me hagan
Un tambor sin igual, que hasta diez leguas
Se haga escuchar, estremeciendo el viento.
¿No habrá quien lo fabrique?» Y sus ministros:
«—Nosotros no podemos», contestaron.
«—Yo sí», dijo Kandú, patriota insigne,
Que entraba en ese instante; «pero advierto
«Que costará un sentido el fabricarlo».
—«¡Bravo!» repuso el rey, «no importa el costo».
Y abrió a Kandú sus arcas, y en sus manos
Puso cuantos tesoros encerraba.
Kandú a las puertas del palacio al punto
Todas aquellas joyas y metales
Hizo llevar, y por solemne bando
De un extremo a otro extremo del imperio
Esta proclama publicó: «¡Vasallos!
«Su Majestad el rey, cuyas bondades
«Las de los dioses mismos rivalizan,
«Quiere desplegar hoy todo su afecto,
«Toda su compasión por la desgracia;
«Y del palacio manda que a las puertas
«Todos los siervos míseros ocurran».

106

Pronto empezaron a llegar los pobres
Del reino entero, un saco a las espaldas,
Y en la mano un bordón; turba andrajosa
Que los pueblos del tránsito invadía
Y hacia la capital hormigueaba.

Pasado un año el soberano dijo:
«¿Qué hay del tambor?» «Ya está», Kandú
repuso.
«—¿Cómo ya está, si nadie lo ha escu-
chado?»
«—Señor, replicó aquél: dígnese pronto
«Vuestra Real Majestad dar una vuelta
«Por todos sus dominios, y hasta el último
«Recóndito lugar oirá los toques
«Del gran tambor, que aún fuera del
imperio,
«De nación en nación va resonando».

Listo el carro del rey, al sol siguiente
Púsose en marcha, y viendo con delicia
Que a todas partes se agolpaba el pueblo
Con furia de entusiasmo a recibirlo,
«¿Qué es esto? preguntó; ¿de dónde viene
«Tanto cariño y muchedumbre tanta?»
«—Señor, Kandú le respondió; ya un año
«Hace que me ordenásteis construyese
«Un tambor que a diez leguas de distancia

«Se hiciera oír. Pensé que un pergamino
«Nunca pudiera difundir muy lejos
«De vuestros beneficios el aplauso;
«Por lo cual los tesoros que pusisteis
«A mi disposición, en buenas obras,
«En víveres y ropas y remedios
«Me di prisa a invertir, para socorro
«De los más infelices del imperio.
«Les hice un llamamiento en vuestro nombre
«Y acudieron ansiosos a la puerta
«De los consuelos, como hambrientos hijos
«Al seno de la madre generosa.
«Hoy pues os lo agradecen, y sus voces
«De reconocimiento, dondequiera
«Que os presentéis, resonarán, y alcanzan
«Donde ningún tambor llegará nunca;
«Porque las buenas obras son las madres
«Del aplauso legítimo, y sus ecos
«En el cielo y tierra eternamente vibran!»

Bogotá, marzo: 1875

LA FELICIDAD

Jugando con el hombre al escondite
Va la felicidad doquier que él anda,

108

Y él por doquiera, incitadora y blanda,
Oye su voz que *Búscame* repite.

Provocado al dulcísimo convite,
Por sendas mil en su ávida demanda
Lánzase, y vanamente anda y desanda,
Sin que escucharla ni anhelarla evite.

Sonda en pos de ella el fango libertino,
Y espada en mano, o en la lengua el canto,
al capitolio bajo palmas entra;

Y aún la oye y no la ve: llora el mezquino
engaño tan cruel, y ella entretanto
Está en su corazón, y él no la encuentra.

EL CIEGO Y EL TULLIDO

Topando un ciego que iba andando a tientas
Con un tullido que iba andando a gatas,
Dice: «Perdone, amigo,
«Que yo al hado enemigo
«Le perdono también mis cataratas.
«Ya es tarde, y voy urgido, hambriento y loco
«De tropezar con todo, en cuanto un poco
«Mi lento andar apuro.

«No sé quién es usted; mas yo le ruego
«Por su bendita madre, lo conjuro
«A que siquiera cuatro cuadras guíe
«A este infeliz desesperado ciego».

  «—¡Compadre! exclama el otro, no porfíe
«En pedirme perdón, que desde luego
«Estoy cierto y seguro
«Que a pesar de ir abriendo ojos tamaños
«Usted no ha visto el palo a que arrima.
«¡Entre buenos apuntes anda el juego!
«Vaya que me da grima
«No poderle servir y a la carrera
«Sacarlo del apuro.
«No digo cuatro cuadras, cuatro mundos
«Remolcáralo ufano si pudiera.
«Pero estoy, de medio cuerpo abajo,
«Hecho un escarabajo; lo convido
«Para correr parejas
«Porque soy más tullido
«que el perro que aplastara un terremoto.
«Nos vemos en igual predicamento,
«Buque sin vela y buque sin piloto,
«Topo y tortuga, ¡lindo casamiento!

«Yo también voy urgido, hambriento y loco
«De remar tanto y de avanzar tan poco;
«Y ya dicen *no más* estas calludas
«Torcidas, juanetudas

«Manos que he vuelto pies, aunque me quedan
«Muy fuera de su puesto; y estos brazos
«Con que barriendo voy a costalazos
«Estas cuadras eternas;
«Piedra por piedra haciéndole la suma
«A una ciudad que crece como espuma
«¡Ah, compadre, encomiéndese a otro santo
«Que estamos usted y yo tanto por cuanto!»

«—Déme, responde el ciego, sus dos ojos,
«Deme uno solo que hasta Roma iría
«Peregrino arrastrándome de hinojos
«¡Dando gracias a Dios por gozo tanto!»

«—Bien, dijo el otro: un lindo plan me ocurre:
«Que Sancho y su rocín desde este día
«Se unan en compañía:
«Yo pongo mis dos ojos, que pudiera
«Envidiarlos un lince; usted concurre
«Con ese par de piernas tan flamantes
«Y esa espalda carguera.
«Yo en ella de piloto me sitúo,
«Y miro por los dos; usted camina
«Por ambos, tan veloz como cualquiera;

111

«Pediremos limosna siempre a dúo,
«Partimos como hermanos,
como grandes,
«Y así pondremos una pica en Flandes».

Dicho y hecho: el tal ciego era fornido
Y como un niño levantó al tullido,
E iba con él a cuestas. El segundo
Era de humor jovial, y mantenía
Siempre de fiesta al triste compañero,
Que nunca más se impacientó iracundo.
Y así dieron la vuelta a medio mundo,
Provistos de alegría, de dinero
Y de salud de pobre,
Que es en lo material el bien primero.
Así de nuestras mil necesidades
Brota la sociedad, y cada uno
Con lo que a otro le sobra se completa.

Así la Providencia en sus bondades
No concedió a ninguno
La perfección; y de las faltas mismas
Y aun de las más crueles desventuras
Hizo un lazo de amor y beneficio
En que se dan servicio por servicio
Y dicha y bienestar las criaturas.

No envidies ni odies nunca el bien ajeno,
Ni en tu mal desesperes por desidia;

Que nada es por dentro malo o bueno,
Y algo hay en ti que tu envidiado envidia.

EL REMEDIO UNIVERSAL

Un remedio universal
Pronto, infalible y barato
Anuncia el doctor Cerato
Para curar todo mal.
Frasco por frasco un quintal
Tragó dél un majadero,
Y si bien tiempo y dinero
En el ensayo perdió,
Curóse al fin, pues murió,
Que es curación por entero.

LOS MÉDICOS

Receta el doctor Vabién
Al enfermo don Guillén,
Cuando viene su rival
El sabio doctor Vamal
A recetarle también.

Dice aquél: «—Ya está mejor,
«No hay cuidado, vivirá»;
Y el otro: «—Pues yo, doctor,

113

«Digo que lo hallo peor,
«Y opino que morirá».

Tomó Guillén muy formal
Lo que cada cual mandó,
Y, como era natural;
Tronó prontamente, tal
Como Vamal lo anunció.

Danse luego el parabién:
«—Lo predije, muerto está»,
Dice Vamal a Vabién;
Y éste respóndele «—¡Ah!
«Curado estuviera ya;
«Mas no me oyó don Guillén».

LA YEGUA Y LA FALDERA

Viajando doña Próspera
Con su yegua y su perra de faldas,
Llegaron cansadísimas
Por la noche a la venta o posada.

Quítanle a la cuadrúpeda
Silla y freno y demás zarandajas,
Y revuélcase cómoda
En un plan a nivel como tabla.

Sin melindres ni escrúpulos
Torna a diestra y siniestra a sus anchas;
Levántase, sacúdese,
Y declárase fresca, entonada.

«—¡Qué bárbara, qué estúpida!»
«La perrita le dijo al mirarla;
«Con semejante método
«Se fatiga uno más, se quebranta.

«Yo misma estoy exánime
«Aunque vine en las faldas de mi ama;
«Mas dormiré a lo príncipe,
«Y mañana estaré descansada».

«—¡Calla! la otra replícale.
«Lo que postra es el ocio y las faldas;
«Los zánganos son débiles;
«Sólo aquel que trabaja, descansa.

«Viniste cual canónigo,
«Y por eso te sientes postrada;
«Yo a ti y a doña Próspera
«Traje encima, y por eso estoy guapa..

«El trabajo es paz íntima,
«Salud, fuerza, riqueza, esperanza,
«Perros vagos o inútiles
«Mueren de hambre o les da mal de rabia.

«Si ansías reposo, agítate,
«Y desvélate y cuida la casa
«La vida sibarítica
«Cría enfermos, mendigos y mandrias».

1873

LOS BUSCA-TESOROS

Un viñador a punto ya de muerte
Habló a sus tristes hijos de esta suerte:
«—Nuestro viñedo un gran tesoro es-
conde.
«Cavad, buscadlo». «—¿Pero en dónde, en
dónde?
Preguntaron los hijos; y él repuso
«—¡Cavad!» y adiós, la muerte se inter-
puso.

Estaba aún su sepultura floja,
Cuando, para solaz de su congoja,
Entraron al viñedo los dolientes
Con todos los aprestos convenientes
Y batieron el suelo en tal estilo,
Que ni un solo terrón quedó tranquilo.

Pasáronlo después por un harnero
Y, ¡ridículo chasco! hallaron... cero;
Y fatigados de tesón tan vano

Declararon delirio del anciano
La herencia, y se ausentaron en seguida
A buscar modo de ganar la vida.

      Mas no corrido un año todavía
Volvieron al viñedo, y cuál sería
Su asombro al ver que cada vid cargaba
¡Tres veces más de lo que siempre daba!
Entonces comprendieron el consejo
Del viñador, y que era un sabio el viejo,
Pues la tierra en sus ámbitos no encierra
Mejor tesoro que la misma tierra.

LA ABEJA Y EL HOMBRE

Preguntó al hombre una abeja:
¿Quién es más útil que yo?
      —Lo es la oveja,
El hombre le respondió.

—¿Por qué? —Su vellón me abriga
No puedo existir sin él.
      Mas tú, amiga,
Sólo agradas con tu miel.

Noviembre 9: 1870

EL PLEITO

Topáronse una nuez Bartolo y Pedro;
«—Mía es, dijo éste; yo la vi primero».
«—No, señor, yo la alcé, no me la rape».
Contesta el otro; y se arma zipizape.

Pasaba Juancho, y le dijeron:
«—¡Hola!
«Sé nuestro juez en esta chirinola».
«—Bien» dijo el tal; toma la nuez, la parte,
Y del siguiente modo la reparte:

«—Media cáscara a ti porque la has visto;
«Y media a ti porque la alzaste listo;
«Y a mí el meollo, costas del proceso».
¡Buen juez! ¿Qué pleito no ha parado en
eso?

EL MONO APLAUDIDO

Acertó un mono trompeta
A dar cierta voltereta
Con primor.
Apláudenlo en derredor,
Pierde el tonto la chaveta,
Da otro giro,
Yerra el tiro,
Y casi se desgolleta.

> Los aplausos para el tonto
> Son un escollo fatal:
> Alabadle algo, y bien pronto
> Lo hará mal.

EL CUCLILLO

> A un Estornino que hastiado vino
> Del *maremagnum* de la ciudad,
> Dijo un Cuclillo: —«¡Hola, amiguito!
> «¿De dónde bueno? ¿qué novedad?
> «¿Qué se conserva en nuestro canto?
> «¿Qué opina el mundo del Ruiseñor?»
> —«Todos, a una, lo admiran tanto
> «Que lo proclaman el rey cantor».
> —«¿Y de la Alondra?» —«Los periodistas
> «La llaman *gran notabilidad*».
> —«¿Y de la Mirla?» —«Varios artistas
> «Encomian su alta capacidad».
>
> —«Otra cosilla... indiferente...
> «Si usted permite, preguntaré:
> «De mí, ¿qué opina toda la gente?
> —«Eso sí, amigo, decir no sé.
> «Jamás el hombre mentó su nombre».
> —«¡Ingratos! juro vengarme, sí;
> «Desde este instante, terco, incesante
> «Me oirán hablando siempre de mí».

119

EL ZORRO Y EL LEOPARDO

Soberbio de sus pintas un Leopardo
    Murmuraba gallardo:
«¿Qué animal vale lo que valgo yo?
    —«¡Viva tanta modestia!»

El satírico Zorro contestó:
    «Ella sólo confirma
    «Lo que ya el mundo afirma,
«Que Su Excelencia es una linda bestia.
«Pero, con su perdón, no envidio mucho
    «Los aplausos que escucho,
«Ni esa opulencia, orgullo y hermosura
«Fundadas del pellejo en la pintura;
«Y yo, entre mí, quedara muy contento
    «Con el don del talento,
«Brillo que siempre luce y nada empaña,
«Belleza de sustancia y de ornamento
«Que gana con el trato cada día,
«Y la única que el tiempo no avería
«Cuando todas las otras borra o daña».

    Y el sabio fue de la opinión del Zorro:
Ni hombres ni libros valen por el forro.

EL LOBO HÉROE

«Mi padre, de gloriosa remembranza,
«Dijo un Lobato, nuestro Aquiles era,
«Cuyo coraje y sin igual pujanza
«Lo hizo el terror de la comarca entera;
«Más de una vez, con épica matanza,
«Envió al infierno cien, de una carrera.
«¿Por qué maravillarnos de que al cabo
«Cayese el bravo a esfuerzos de otro
bravo?»

—«Hablas bien, dijo un Zorro, exac-
tamente
«Como el epitafista escribiría;
«Mas la imparcial historia que lo cuente
«Esta ligera nota añadiría:
«Los cientos que molió su heroico diente
«Fueron de ovejas que atrapó sin guía;
«Pero apagó su refulgente disco
«El primer buey a quien tiró un mordisco».

LA PRESUNCIÓN

No bien poblado el mundo
El Padre de los dioses
Quiso dotar munífico
A sus habitadores.

Virtudes y talentos
Con tal fin hizo entonces,
Y a los mortales dijo:
¡Venid por vuestras dotes!

Cada cual por la suya
Agólpanse veloces,
Y a los primervenidos
Reparten las mejores.

Da al uno el juicio; al otro
El genio corresponde;
La ciencia a éste; la gracia
Al próximo en el orden.

Pero viniendo muchos
Al paso de prioste,
Cual recargadas naves
Traídas a remolque,

Llegaron al banquete
Alzados ya los postres,
Cuando ni resto había
De tantas perfecciones.

Y para no agraviarlos
Mandó el astuto Jove
Que a todos esos pánfilos
La presunción les toque.

Y fue brillante arbitrio,
Todos se van conformes;
Y cada ruin, perfecto
Se juzga desde entonces.

LA ENMIENDA DEL ASNO

Es bueno y santo el corregirse; pero
Importa corregirse por entero,
O siquier no olvidarse
De lo más sustancial al enmendarse.

Un jumento algo menos pacienzudo
De lo que al gremio jumentil competa
Se exasperó de oír la cantaleta
De llamarle orejudo;
Y ras con ras cortóselas un día:
Calaverada impía
De esas que exige a un asno una coqueta.
Y héteme aquí que al verse sin orejas
Se engrió a tal punto, se admiró tan lindo
Que esquivaba el tratar con pollinejas,
Sus antiguas parejas,
E iba de fuente en fuente contemplándose,
Quizás predestinado imaginándose
A desbancar al palafrén del Pindo.
«¿Qué me dices ahora?
«Preguntó a un perro mocho; he derogado

123

«Aquel atroz tocado
«Propio, más que de mí, de una señora
«De tantas que se ensillan la cabeza;
«Y era mi única tacha...»
—«Otra te resta»
El perro le contesta
Con un sí es no es satírico espeluzno.
—¿Cuál? preguntó. —Mi amigo, ese rebuzno,
Altísimo defecto
Que anula de tus gracias el efecto.
Más si ya que saliste de orejudo
Resuelves no chistar, ser siempre mudo,
O cambiar de dialecto,
¿Quién dirá nada entonces?
Serás asno perfecto.

EL MARCO DE ORO

Puesta en venduta cierta galería,
Todo el concurso se burlaba en coro
De un mamarracho garrafal que había
Entre un marco magnífico de oro.
Llega un ricote. Aquello lo extasía;
Sácanselo a pregón, brinda un tesoro,
Y adjudícase el hueso al mentecato.
—¡Va! siempre el tonto adora su retrato.

Noviembre 8: 1870

LOS DOS ÁNSARES

Iban viajando dos Ánsares,
Y uno al otro preguntó:
«¿Viste aquel soberbio pájaro
«En casa de un gran señor?

«¡Qué plumaje tan magnífico!
«¡Qué pintas, qué tornasol!
«De los colores más fúlgidos
«Graciosa combinación.

«Nada hay más bello; adornándolo
«Naturaleza agotó
«Como un obsequio de un ídolo
«Lo más precioso y mejor.

«Con razón el mundo alígero
«Por monarca lo eligió
«Poniendo en su frente el símbolo
«¡De imperio y de perfección!»

—«¡Ah! dijo el otro, ¡qué lástima!
«Tal fénix no he visto yo;
«Mas vi un Pavo algo estrambótico
«Que me llamó la atención,

«Y estará descontentísimo
«De ser como lo hizo Dios,

«Bien que en los seres más ínfimos
«El engreimiento es mayor.

«Juzgo que peca de estúpido,
«Vista la desproporción
«Entre su cráneo de tórtola
«Y su cuerpo de cóndor.

«¡Qué patas, son un escándalo!
«Pero nada tan atroz
«Como el canto: entre volátiles
«Ése es el rebuznador».

Dos pinturas tan antípodas
Hicieron aquellos dos
De un mismo animal —del pájaro
De Juno predilección.

El uno vio sus deméritos,
El otro sus gracias vio.
—La crítica de los Ánsares
Es maña vieja *inter nos*.

LA ARAÑA CRÍTICA

Aérea red de alambres telegráficos
    Ve una crítica Araña
Y dice: «Tratan de plagiarme, imbéciles;
    «¡Miren qué telaraña!

«Aquí no atraparán ni hombre ni pájaro
  «Ni una mosca siquiera.
«Han debido llamarme: único artífice
  «Que hacérsela pudiera».

Vibra en ese momento el hilo mágico
  Este mandato expreso:
«Hoy salió para allá Raimundo el pícaro
  «Al llegar quede preso».

—«Sí, dijo Araña: ésta es mi misma
máquina
  «Hecha por manos toscas;
«Mas aún así, rudimentaria y bárbara
  «Ya está enredando moscas».

Cuanto crítico y juez y catedrático
  Dan sentencia de Araña;
Miopes que no verán, *per omnia secula,*
  ¡Sino su telaraña!

LOS TONTOS DE BASRA

  Harum mandó a Belut que le escribiera
Cuantos tontos en Basra conociera;
Y contestó Belut: «¡Amargo trance!
«Difícil es que un hombre solo alcance
«A escribir inventario tan enorme.
«Pero, si queda mi señor conforme,

127

«La lista le daré de nuestros sabios
Sin fatigar la mano ni los labios.
Dos o tres nombres formarán mi obra,
Y dellos, quizá dos están de sobra.

Bogotá, enero: 1875

LOS DOS TEJEDORES

(Traducción de Hannah More)

Hablando en su labor dos tejedores
Que a pico amenizaban sus labores,
Se aludió al precio que la carne hoy tiene,
Precio que a un tejedor no le conviene.

«—Con tantos hijos, con mujer enferma,
«Dijo Andrés, viva otro, y coma y duerma;
«Pero yo, con salario tan mezquino
«Y tanto afán, sucumbo a mi destino.

«¡Qué diferencia el rico! Esa sí es vida.
«¡Qué casa, qué vestidos, qué comida!
«El cielo es muy injusto, camarada
«Todo fue para él; para mí, nada.

«Que diga cuanto quiera la Escritura,
«Y que predique lo contrario el Cura,

«Años ha que yo tengo bien probado
«Que el universo está mal gobernado.

«Doquier que miro, cuanto ve mi vista
«Se halla fuera de quicio y me contrista,
«Los buenos, oprimidos; los bergantes
«Siempre encima, y robustos, y bo-
yantes».

Juan replicó: «—Esa queja la origina
«Nuestra ignorancia de la ley divina,
«De cuyas sendas una parte sólo
«Es cuando el hombre ve, de polo a polo.

«Mira esa alfombra, Andrés. Va muy
derecha,
«Mas como no está aún ni medio hecha
«Es un caos de lana todavía
«En que tú sólo ves la luz del día.

«Al verla un ignorante del oficio
«Te declarará falto de juicio,
«Y no hallando principio, fin ni medio
«La daría perdida sin remedio».

«Andrés repuso: «—Mi obra es a retazos,
«Mas ya casan muy bien esos pedazos,
«Y sobre todo, bárbaro o perverso,
«Te advierto que la ves por el reverso».

Y Juan tornó: «—¡Caíste en el garlito!
«Eso es lo que decirte necesito
«Para curar tu esplín meditabundo
«*Una alfombra al revés*: eso es el mundo.

«Y así como en tus hebras y remates
«No se ve acaso el *todo* de que trates,
«Cuanto halles tú con cuyo fin no atines
«Entra de Dios en los eternos fines.

«Ni modelo ni plan aquí aparece,
«De gracia y proporción todo carece;
«Mas cuando el hombre tal embrollo
insulta
«El brillante derecho se le oculta».

Bogotá, mayo: 1876

EL AJEDREZ

(De Cervantes)

Con gran tren de monarquía
Rangos, puestos y colores
Bátense dos jugadores
En ensañada porfía;
Decídese: y todo usía,
Negro o blanco, alto o villano

130

A un cajón republicano
Resueltos a hundirse van.
¡He allí el fin del tonto afán
Y el huero escándalo humano!

EL MONO AVARO

Viendo un Mono un calabazo
Con grano adentro, metió
La mano a fondo, hasta el brazo,
Y asió un puñado, un puñado
Tan grande como alcanzó.

No pudo sacarlo así,
Que halló estrecho el agujero;
Y aunque asomó el estanciero
Gritándole *te cogí*,
No aflojó un punto; y primero
Quedó preso y muerto allí.

Así entonces, así amarra
Al avaro su ansia de oro;
Y antes que aflojar la garra
Pierde libertad, decoro,
Y con la vida el tesoro
Que escamota luego el foro
O un tronerón despilfarra.

EL MOSQUITO LLORÓN

Señor Mosquito, ya yo me hago cargo
De la penosa situación de usted.
Ya *eso* no es cuerpo, eso no es más que el largo
De un cuerpo que hubo, y que hoy es hambre y sed.

Ya es excesivo tanto laconismo,
Ya es imposible compendiarse más,
Ya usted no es más que el forro de usted mismo,
Y muy justo es que busque lo demás.

Yo bien quisiera, créame usted, sacarlo
De tan precaria y triste condición,
Y, cual si yo no fuese yo, dejarlo
Rehacerse en mí y hartarse a discreción.

Pues siempre soy y he sido buen patriota
Y no me aterran sacrificios, no.
Todos ofrecen dar la última gota;
¿Por qué rehusarle la primera yo?...

No tengo mucho que ofrecer, soy franco;
Pero a lo menos ya cené por hoy,
Y sin temor le diera firma en blanco
Contra lo poco que yo tengo y soy.

No creo que usted me suprimiera entero;
Alguna cosa ha de quedar de mí,
Y me traería un sueño placentero
Pensar que a un pobre mesa y pan le di.

Mas viene usted con circunloquio tanto,
Y llora tanto y soba tanto usted,
Que, señor mío, ni que fuera un santo...
¡Zas!... ¡Helo allí, pintado en la pared!

EL GAS Y LA VELA

Dijo la Vela al Gas: «—¡Cuerpo sin alma!
«¡Advenedizo vil! ¿Cómo la palma
«Vienes a disputar a una matrona
«Que de incontable antigüedad blasona,
«Madre de doña Luz, reina de España
«Desde antes de nacer Mari Castaña?»

Y el Gas le contestó: «—Calla, engreída;
«Soy alma todo yo, mi alma es mi vida,
«Invisible, impalpable, inmensa, pura,
«Lumbre, aliento y poder de la natura,
«Que levanto la mar, y hundo la tierra,
«Y hago saltar el monte que me encierra;
«Imagen del espíritu fecundo
«Dominador y explotador del mundo,
«Y que oculto al oído y a la vista

«Todo lo busca y lo halla y lo conquista.
«Yo existí, sin embargo, antes que el
hombre;
«Nací a par de la tierra; él me dio nombre,
«Y me sacó encendido de su frente,
«Para ser de la noche el astro ardiente.
«¿Mientras que tú?... la grasa es tu nodriza,
«Y tu alma, unas hebras de ceniza...»

Paró el Gas su discurso, pues la Vela
Hizo del candelero una cazuela,
Derretida al calor de su vecino;
Y exhalando una aroma de tocino,
Agonizó y murió. Su luz preclara
Nadie notó que en el salón faltara.

EL VELOCÍPEDO

Mientras corren jinete y velocípedo
No hay peligro mayor, siguen corriendo.
Mas al parar, que no ande listo el prójimo
Y el porrazo es tremendo.

Por lo cual yo acá entiendo
Que es un gran velocípedo esta vida,
Pues del mundo en la rueda
Quien deje de moverse, atrás se queda,
Y la parada suele ser caída.

LOS HUEVOS DE ORO

Cierta gallina ponía
Un huevo de oro por día
Y el dueño dijo: «Aquí hay mina;
«Si yo mato esta gallina
«Soy de un golpe millonario.
«¿Qué vale un huevo diario?»

La mató, no halló tesoro,
Y allí paró el huevo de oro.

Con lo cual supo el bellaco
Que lo bastante es bastante,
Y que ansiando lo sobrante
La codicia rompe el saco.

LA GOTA Y EL TORRENTE

Hijo de alto aguacero estupendo
Un torrente espumante y tremendo
Con gran furia y horrísono estruendo
Por peñascos botándose va,

Y atropella en su rumbo a una gota,
Pobre, humilde, que a nadie alborota,
Y años ha de una cúspide brota,
Y cayendo a compás siempre está.

«¿Qué pretendes, gotita impotente?
«¡Hazte a un lado!» rugióle el torrente,
«Piensas tú desbordar mi corriente
«¿O darme una limosna quizás?

«Tú, juguete de un leve airecito;
«Tú que dejas con sed a un mosquito,
En mi curso grandioso, infinito,
«¿Qué señales de ti dejarás?»

La gotita no dijo ni un pero,
Mas siguió en su caer rutinero,
Y bien pronto acabó el aguacero
Y con éste el torrente en cuestión.

Y de tanta bambolla y baladro
Y pomposo quimérico cuadro
Dejó... ¡fango! —¿y la gota?—. Un taladro
Hondo, eterno, en marmóreo peñón.

Cuántos, cuántos proyectos
titánicos,
Y prefacios y arranques volcánicos
Y furores que dan miedos pánicos,
¡Charla y viento y ridículo son!

Eso al tonto deslumbra o arredra,
Quien se embarca en prodigios no medra.
Sé la gota que cava la piedra,
No el torrente que hinchara el turbión.

EL CAIMÁN Y LAS MOSCAS

«—Venid a chupar gratis
«el néctar de mi boca
«Y a tertuliar en ella holgadamente»
Grita un Caimán a un nubarrón de Moscas.

Las Moscas acudieron,
Pues el yantar de gorra,
Aunque dé indigestión, nunca lo excusan
Los prójimos de la orden chupadora.

Acaso algunas ya hartas
Irían de curiosas,
O por no desairar a un personaje
Que tan liberalmente se comporta.

Abrió el Caimán las fauces,
Cual libro de dos hojas,
Y ya que estaban cuajaditas, negras,
Cerró, ¡y adiós! desaparecieron todas.

¡Cuidado con ofertas
De ganancias inmódicas!
Hay mil hombres caimanes que no viven
Sino atrapando y engullendo moscas.

LOS MATARRATOS

Por atisbar a un gato en cacería
Desertó el perro de su puesto un día,
Sirvió de estorbo al miz y a los ratones,
Y dejó en tanto entrar a los ladrones,
Los cuales al pillarlo distraído,
Sin dejarle ocasión para un ladrido,
Matáronle por táctica prudente
Y robaron la casa holgadamente.

El dichoso perro (aunque decirlo es mengua)
Debió ser de mi tierra o de mi lengua,
Pues sólo en Sudamérica y España
Pudo aprender nuestra maldita maña
De vivir cada cual la vida ajena
Y no la suya propia, aunque sea buena,
Y aunque la de otros detestable sea,
Que antes le importa más cuando es más fea.

La sociedad es excelente cosa,
Mas carga cierta costra pegajosa,
Cierta excrecencia o *sociedad* sin *ese*
Que no hay donde no husmee y se atraviese,
Y que usurpando a la primera el nombre
Hace la asociación de hombre con hombre

Un cambio de petardos y de vicios;
Y no de fruiciones y servicios;
Esta evalúa el tiempo tan barato
Que no vive sino *matando el rato*,
Y no quiere tener otro negocio
Que descargar su aburrimiento y su ocio
Sobre el triste vecino o no vecino
Que busca ad hoc, o encuentra en su
camino.

 Una máquina en donde, cada pieza,
Abandona su oficio por pereza
Y aplícase activísima, aún sin paga,
A hacer el de otro o impedir que lo haga;
La susodicha máquina, es patente
Que no andará jamás correctamente
Y que nada a tal caos sobrevive,
Nuestras acomedidas inclusive.
La Troya desde luego es más violenta
Si hay una pieza reina o presidenta,
Y todas las demás y cada una
Con oficiosidad más que importuna
Propónense aliviarla del trabajo
Revolviendo el total de arriba abajo.

 Mucho de libertad e independencia
Hablamos por acá, pero, en conciencia,
¿Habrá yugo peor que la anarquía
Y el ocio y la espiona habladuría

Que nace dél, —y el cínico barreno
De ese corso del bien y el tiempo ajeno?

¡Por Dios! que viva cada cual su vida
Y haga su oficio y gane su comida,
Y así no habrá ocasión ni tentaciones
Para que copen fondo los ladrones.

CAPA Y HAMACA

Diligencia, fiel madre del Norte,
E Indolencia, mamá tropical,
Contra todo rigor climatérico
Resolvieron su gente amparar;

Que ambas proles temblaban de frío
Y acezaban de horrendo calor,
Con los altos y bajos del mundo
O el aprieta y afloja del sol.

Diligencia inventó el *confortable*,
Arte bella de holgura y salud,
De la cual hasta el nombre es exótico
Y he tenido que hurtarlo a John Bull.

Inventó la cordial chimenea
Y elegantes corazas de piel,
Y ventanas y puertas bien justas,
Y ejercicios de higiene y placer.

Y en verano aposentos con baños,
Lechos duros, bebida glacial,
Mangas de aire, abanicos de techo
Y excursiones de campo y de mar.

Indolencia mostró por su parte
Grande ingenio y mayor sencillez,
Pues dio hamaca al de tierra caliente
Y al friolento una capa, y amén.

¡Cuántas, cuántas ventajas no encierra
Esta simple y feliz solución!
Basta ver sus flamantes efectos
Dondequiera que se hable español.

Nunca un más económico invento
Mente de hombre logró concebir;
Ni hay testuz que entre capa y hamaca
Cuál es, diga, el mayor comodín.
Capa sola es completo uniforme,
Armadura de barbas a pies,
Que redime de chupa y camisa
Y hace inútil botón y alfiler.

Y si viste al desnudo de día,
En su sueño cobíjalo asaz,
Y en su robo al ratero modesto
Y en su acecho al traidor con puñal.

Ella a pobres nivela con ricos
Cual demócrata escudo y pendón,
Y humillando al aseo aristócrata
Da a la mugre fomento y calor.

Ella impide ese andar descompuesto
De las gentes que tienen qué hacer,
Y da un aire de estatuas olímpicas
Y el marchar inefable de un rey.

Y pues suelen monarcas y dioses
Al indigno universo mirar,
Encogiendo los hombros augustos
E inclinando benigna la faz,

Con la gracia de un Fidias esculpe
La ancha capa tan noble actitud,
Criando aquel camellar ornamento
Que es *joroba* en la prosa común.

Mas tú, ¡hamaca! tú, ¡múltiple hamaca!
¡Quién de capas habló junto a ti!
Si ensalzó a tu rival todo un Caro,
¿No era ya tu poeta un Madrid?

La indolencia en persona te hizo,
O buscó quien te hiciera; y quedó
Tan prendada de su obra, que al punto
Se echó en ti, y sigue echada hasta hoy.

Fue Mahoma inspirado profeta,
Pues si no, ¿cómo vino a escoger
Una hamaca (no hay tal media luna)
Por estrella y pendón de su grey?

Y así va, cual criatura de hamacas,
A la cola de Europa el muslim,
Con su harem por hacienda y congreso
Y ocupado en fumar y dormir.

¡Salve, hamaca! indio, turco, beleño
Que indios turcos haciéndonos vas,
Con la imbécil desidia del uno
¡Y del otro la inercia sensual!

Tú eres silla, sofá, colgadura,
Lecho aéreo y sabroso colchón,
Mosquitero, abanico, atarraya,
Coche, arrullo, nodriza y doctor.

Y al llamarte doctor yo no miento,
Pues él sólo ha podido inventar
Esa fábrica de hígados pésimos,
Lima atroz de la espina dorsal.

Semillero de males de nervios,
Sorda mina del bazo y riñón,
Que haces de hombres hamacas an-
dantes,
Transparentes sin sangre o color.

Tú resuelves el arduo problema
De dormir en cubil de ocho pies,
Sobre cerdos, pescados y víboras
Y fragantes zurrones de miel.

Y por siglos allí atravesada
Estuviste y estás y estarás
Hasta el último envión con que te hunda
Mecedor terremoto voraz.

Entretanto me cuentan que un día
Vino a verte la capa (o más bien
A sudar cincuenta años de méritos
A tu clima la enviaron tal vez).

Y llorando de grasa «¡Ay! te dijo,
«¿Tú también eres víctima aquí?
«¿Por qué a entrambas nos tienen colgadas
«Como a reos, de crímenes mil?»

Y que tú respondístele: —«¡Calla!
«Bien nos hemos vengado las dos,
«Pues tú arropas friolentos mendigos
«Y mendigos escuálidos yo».

Nueva York, octubre 7: 1870

LA HORIZONTAL Y LA VERTICAL

«Soy la línea de la vida
«Y eres tú la de la muerte»,
Dijo a la horizontal la vertical;
«Y yo la justa medida
«Del activo, el noble, el fuerte,
«Hombre o nación, sé dar a cada cual.

«Dice el linde: *Vale más*
«*que estar de pie estar sentado;*
«*Y más tendido; y muerto es lo mejor.*
«Y por esto atrás, atrás
«Él y su tierra han quedado,
«Y el inglés los exprime a su sabor.

«Dime cuál, de hombre o nación,
«Es la actitud favorita,
«Y te diré quién es, y qué será,
«Que según su inclinación
«Está ya su muerte escrita,
«Y en plena vida hacia adelante va».

Todo yanqui a siete u ocho
Ya está en pie; y al yunque luego;
Y en pie merienda y vuelve a su labor
Y el inglés no está tan chocho,
Cuando escoge en son de juego
Ser *jockey*, o pugilista, o cazador.

Así no te asombre pues
Cuando al Tibet se encarama
Y contempla su hacienda desde allí.
Ni cuando a los yanquis ves
Que al mejicano en su cama
Sorprenden, y hacen dél ancho botín.

¡Tierra mía! blanda tierra
De trasnochadas y hamacas
¡Y *mañana y quién sabe y puede ser!*
¡Ay! de ti si en pampa y sierra
De tu paso no te sacas
¡Y de esta horizontal de Lucifer!

Bogotá: 1873

LA GALLINA Y EL DIAMANTE

Fue un tiempo, tiempo airado
De escasez nunca vista;
De diente acicalado
Y mesa desprovista
Y boca sin bocado.

Los viejos tragantones
Pasando fiel revista
De cascos de botellas

Y despensas vacías,
Lloraban ¡ay! aquéllas
Dulces indigestiones
De más felices días.

Etéreos los amantes,
Cual nunca interesantes,
Con gentiles pescuezos,
No exhalaban suspiros
Sino luengos bostezos.

Y siendo la gazuza
Musa que tanto sabe,
Que enseña el arte a un ave
Y al más molondro aguza,
Soltaron los poetas
Sus míseras muletas
De perlas y zafiros,
De rosas y azucenas:
Pampirolada rancia
Sin gusto y sin sustancia;
Y hora en sus cantinelas
Nos regalaban sólo
Con suculentas cenas
Dignas del mismo Apolo.

—Viéranse allí sirenas
Y Pegasos trufados,
Compotas de ballenas,
Pirámides rellenas

De elefantes guisados.
Niágaras de escabeche,
Amazonas de leche,
Chimborazos de helados.

La humanidad doliente
Romántica vivía
De sueños y recuerdos;
No de pavos y cerdos
Como prosaicamente
Se embute todavía.

Pastores y ganados
Y aun los mismos soldados
(Dientes privilegiados)
Estaban sin raciones;
Lleno de astros el cielo,
Pingüe de polvo el suelo,
Mas los campos en pelo,
Sin agua el riachuelo,
Sin peces el anzuelo,
Sin uñas los ladrones.
Barrió doquier la planta
De la feroz Carpanta.

II

Y pasó *in illo témpore*
Que una infeliz gallina,
Más flaca que una espina

(El emplumado espíritu
De la difunta raza,
A juzgar por su traza),
Iba clamando *pío*
Con el buche vacío
Y aquel aire contrito
De un ayuno infinito,
Corriendo con el brío
Que la prestaba el viento,
Y alturas y hondonadas
Y aun cosas reservadas
Registrando a patadas
En busca de sustento;
Firme en su heroico intento
De no rendirse al hambre
Ni en el postrer calambre
Ni en el postrer aliento,
Mientras el noble osambre
Prendido de un alambre
Pueda plantarse equílibre
En su atrincheramiento;
Mientras haya mandíbula
Y sujeto anatómico,
Y quede un breve epítome,
Una etcétera, un átomo,
Ruina de ruinas
De la más flaca y última
De todas las gallinas;

Porque sabrá impertérrita
Cumplir su juramento
De no dejar ni un síntoma
Para contar el cuento.
Con patas, uñas, pico,
Rapartiendo mandoble
A diestro y a siniestro,
Buscaba su pan nuestro
La honrada criatura,
Cuando entre la basura
De un recoveco innoble
Hace el descubrimiento
De un diamante, un portento
De grandor y hermosura.

¡Bípedo venturoso!
Ya tu fortuna es hecha.
¡Duérmete satisfecha
Sobre el laurel glorioso!

Alégrase en efecto
A su radiante aspecto
La escuálida gallina:
Algún caro escondrijo
De una alma femenina,
Relámpago de gloria
Le alumbra la memoria...
...Pero bien pronto dijo
Gacha y desconsolada;

«¡Oh breve regocijo!
«¡Oh pérfidas quimeras!
«¡Oh deslumbrante nada!...
«¡Ah, si a lo menos fueras
«Un grano de cebada!»
Y dando otra escarbada
Volvió a enterrar colérica
La piedra malhadada.

El momento presente
Su precio a todo indica,
Y cada cual se aplica
Balanza diferente:
Tal vez lo que más tiente
Del envidioso el ceño
Trocáralo su dueño
Por el pan del mendigo
Que enfermo y sin abrigo
Rinde a su puerta el sueño.

¿Qué son diamantes, oro,
Palacios, opulencia,
Cuando es otro el tesoro
Que busca la existencia?
—Fantástica apariencia,
Externo meteoro,
Que no lavó el desdoro
Ni al ojo quita el lloro,
Ni a la verdad su foro
Ni al alma su indigencia.

El hombre es la conciencia,
Y sólo allí segura
Paz fundará y ventura,
Orgullo, independencia.

BREVE TRATADO DE MALACRIANZA

El *perfecto malcriado* es el que en todo
Acierta a conducirse de tal modo
Que sin objeto ni ganancia alguna
Al prójimo atormenta e importuna,
Su primera virtud, el egoísmo,
Pues no piensa jamás sino en sí mismo,
Y aunque desprecio general reporta,
Hizo cual quiso, y lo demás no importa.

Para sobresalir en este ramo,
De preferencia tu atención reclamo
Sobre el *ruido*, el *yo* y el *desaseo,*
Que son para el ajeno atornilleo
Grandes medios, acaso los mejores,
Hallados hasta hoy por los doctores.

Hablarás, pues, muy recio en todo caso,
Y más cuando hablan otros; y si acaso
Es chillona tu voz o destemplada,
Tanto mejor será la cencerrada.

Al subir y al bajar una escalera
Hazte sentir cual mula bien cerrera;
Y una vez en tu cuarto, salta y brinca,
Que para eso pagas por la finca,
Y declárate el coco, el espantajo
Del infeliz del cuarto de debajo.

Si el vecino padece de jaqueca,
Como en ser estudioso nadie peca,
Dedícate al violín, y noche y día
Hazlo chillar con pertinacia impía,
Y abre de par en par ventana y puerta
Para tener la vecindad despierta.

El *yo* es otro imponderable artículo
Para volverse odioso, y aún ridículo.
No toleres a nadie hazaña o cuento
Sin que tú le interrumpas al momento
Con historias del *yo* y hazañas tales,
Que los demás se queden en pañales.
En cualquiera desgracia o caso raro
Di *«Ya yo lo había dicho; eso era claro»;*
Y, aunque no te consulte ni pregunte,
Dale un consejo a cada transeúnte;
Y si no quiere oír lo que le dices,
Métele tu opinión por las narices.
Cítate por modelo en todo ramo,
Dispón en todas partes como amo,

Y ostenta que eres tú de todos modos,
La única cosa que interesa a todos.

Aunque en otros te apeste el desaseo
No imagines que en ti lo encuentren feo.
Muestra los dientes, pues, llenos de sarro,
Limpia en la alfombra del calzado el barro,
Habla escupiendo al prójimo en la cara,
Mete en sopera y dientes tu cuchara,
Di en la mesa primores que den bascas,
Y eructa recio, y charla cuando mascas,
Y gargajea y ráscate a menudo,
Y echa al plato la tos y el estornudo,
Y con los dedos límpiate el carrillo,
E hinche el salón de hediondo cigarrillo.
Y baste por ahora esta enseñanza
Para primer lección de malacrianza.

Agosto: 1874

EL METRO ATENIENSE

Poca muestra es un botón
De un traje o género; empero,
A una mirada un viajero
Si juzga una población
Ve acaso en un tropezón
Egoísmo desatento;
O en sólo un clavo, un portento

154

De cultura popular,
Como paso a demostrar
Por una anécdota o cuento.

Con su cuñado Joinville
Llegando a la insigne Atenas
El gran colega y Mecenas
Emperador del Brasil,
Díjole aquél: «En civil,
«En urbano, el mundo opina
«Que el ático no declina».
Y don Pedro contestó:
«Te respondo sí o no
«Al ver la primer esquina».

Entrando ya, quiso el caso
Que, aunque hormigueaba la gente,
No embarazaba un viviente
En ninguna esquina el paso.
Todo aquel que por acaso
Paraba, acera y crucero
Franqueaba al pasajero
Dejándole el enlosado...
«–¡Bravo! exclamó el Rey letrado.
«No hay ateniense grosero».

Hé aquí el fácil metro, pues,
Que nos dirá si en lo urbana
Nuestra *Atenas colombiana*
De tal nombre digna es.

Si postes vivientes ves
En crucero, esquina o paso,
Es patente que *no hay caso*,
Que aquel timbre es burla acerba;
Y que en lugar de Minerva
Nos ha educado el Pegaso.

Cuentos
Pintados

EL PARDILLO

Este era el lindo pardillo
Tan manso como galán.
Dulcísimo pajarillo
Que con tierno cantarcillo
Pedía migajas de pan.

Esta es la pérfida gata,
Insensible, atroz, ingrata,
Que al pechirrojo embistió
Y las uñas le clavó
Y casi lo desbarata.

Este es el mastín valiente
Que saltando noblemente
Sobre esa gata verdugo,
Libertó del fiero yugo
Al pajarillo inocente.

Y este es el leñador
Que vuelve de su labor
Hacha al hombro y leña al brazo,
Y a dar al amo un abrazo
Corre el mastín salvador.

Y esta es la niña bonita
Que va con su canastita
A encontrar a su papá

Llevándole una cosita
Que el viejo saboreará.

Y esta es la limpia cabaña
Con flores y árboles bella
Y un torrente que la baña,
Donde vive la doncella
Y el viejo que la acompaña.

Y este es el cuarto sencillo
De dormir y de coser,
Y a donde viene el pardillo
A repetir su estribillo
Pidiendo algo que comer.

¿Y en qué paró aquel cantar?
—¡Ay! en llegando al hogar
La niña, el viejo y el perro,
Tuvieron que hacerle entierro
Con lágrimas de pesar.

EL RENACUAJO PASEADOR

El hijo de Rana, Rinrín Renacuajo,
Salió esta mañana muy tieso y muy majo
Con pantalón corto, corbata a la moda,
Sombrero encintado y chupa de boda.
«¡Muchacho, no salgas!» le grita mamá,
Pero él le hace un gesto y orondo se va.

160

Halló en el camino a un ratón vecino,
Y le dijo» «¡Amigo! venga, usted conmigo,
«Visitemos juntos a doña Ratona
«Y habrá francachela y habrá comilona».

A poco llegaron, y avanza Ratón,
Estírase el cuello, coge el aldabón,
Da dos o tres golpes, preguntan: ¿«Quién es?»
«—Yo, doña Ratona, beso a usted los pies».

«¿Está usted en casa?» —«Sí, señor, sí estoy;
«Y celebro mucho ver a ustedes hoy;
«Estaba en mi oficio, hilando algodón,
«Pero eso no importa; bien venidos son».

Se hicieron la venia, se dieron la mano,
Y dice Ratico, que es más veterano:
«Mi amigo el de verde rabia de calor,
«Démele cerveza, hágame el favor».

Y en tanto que el pillo consume la jarra
Mandó la señora traer la guitarra
Y a Renacuajito le pide que cante
Versitos alegres, tonada elegante.

«—¡Ay! de mil amores lo hiciera, señora,
«Pero es imposible darle gusto ahora,

161

«Que tengo el gaznate más seco que estopa
«Y me aprieta mucho esta nueva ropa».

   «—Lo siento infinito, responde tía Rata,
«Aflójese un poco chaleco y corbata,
«Y yo mientras tanto les voy a cantar
«Una cancioncita muy particular».

   Mas estando en esta brillante función
De baile y cerveza, guitarra y canción,
La Gata y sus Gatos salvan el umbral,
Y vuélvese aquello el juicio final.

   Doña Gata vieja trinchó por la oreja
Al niño Ratico maullándole: «Hola»
Y los niños Gatos a la vieja Rata
Uno por la pata y otro por la cola.

   Don Renacuajito mirando este asalto
Tomó su sombrero, dio un tremendo salto,
Y abriendo la puerta con mano y narices,
Se fue dando a todos «noches muy felices».

   Y siguió saltando tan alto y aprisa,
Que perdió el sombrero, rasgó la camisa,
Se coló en la boca de un pato tragón
Y éste se lo embucha de un solo estirón.

Y así concluyeron, uno, dos y tres,
Ratón y Ratona, y el Rana después;
Los gatos comieron y el Pato cenó,
¡Y mamá Ranita solita quedó!

SIMÓN EL BOBITO

Simón el Bobito llamó al pastelero:
«¡A ver los pasteles! ¡los quiero probar!»
«—Sí, repuso el otro, pero antes yo quiero
«Ver ese cuartillo con que has de pagar».

Buscó en los bolsillos el buen Simoncito
Y dijo: «¡De veras! no tengo ni unito».

A Simón Bobito le gusta el pescado
Y quiere volverse también pescador,
Y pasa las horas sentado, sentado,
Pescando en el balde de mamá Leonor.

Hizo Simoncito un pastel de nieve
Y a asar en las brasas hambriento lo echó,
Pero el pastelito se deshizo en breve,
Y apagó las brasas y nada comió.

Simón vio unos cardos cargando
ciruelas
Y dijo: «—¡Qué bueno! Las voy a coger».

Pero peor que agujas y puntas de espue-
las
Le hicieron brincar y silbar y morder.

Se lavó con negro de embolar zapatos,
Porque su mamita no le dio jabón,
Y cuando cazaban ratones los gatos
Espantaba al gato gritando: ¡*ratón!*

Ordeñando un día la vaca pintada
Le apretó la cola en vez del pezón;
¡Y aquí de la vaca! Le dio tal patada
Que como un trompito bailó don Simón.

Y cayó montado sobre la ternera;
Y doña ternera se enojó también,
Y ahí va otro brinco y otra pateadera
Y dos revolcadas en un santiamén.

Se montó en un burro que halló en el
mercado
Y a cazar venados alegre partió,
Voló por las calles sin ver un venado,
Rodó por las piedras y el asno se huyó.

A comprar un lomo lo envió taita Lucio,
Y él lo trajo a casa con gran precaución
Colgado del rabo de un caballo rucio
Para que llegase limpio y sabrosón.

Empezando apenas a cuajarse el hielo
Simón el Bobito se fue a patinar,
Cuando de repente se le rompe el suelo
Y grita: «¡Me ahogo! ¡Vénganme a sacar!»

Trepándose a un árbol a robarse un nido,
La pobre casita de un mirlo cantor...
Desgájase el árbol, Simón da un chillido,
Y cayó en un pozo de pésimo olor.

Ve un pato, le apunta, descarga el trabuco,
Y volviendo a casa le dijo a papá:
«Taita, yo no puedo matar pajaruco
Porque cuando tiro se espanta y se va».

Viendo una salsera llena de mostaza,
Se tomó un buen trago creyéndola miel,
Y estuvo rabiando y echando babaza
Con tamaña lengua y ojos de clavel.

Vio un montón de tierra que estorbaba el paso,
Y unos preguntaban: «¿Qué haremos aquí?»
«—¡Bobos! dijo el niño, resolviendo el caso;
Que abran un gran hoyo y la echen allí».

165

Lo enviaron por agua, y él fue volandito
Llevando el cedazo para echarla en él:
Así que la traiga el buen Simoncito
Seguirá su historia pintoresca y fiel.

PASTORCITA

Pastorcita perdió sus ovejas
¡Y quién sabe por dónde andarán!
—No te enfades, que oyeron tus quejas
Y ellas mismas bien pronto vendrán.
Y no vendrán solas, que traerán sus colas,
Y ovejas y colas gran fiesta darán.

Pastorcita se queda dormida,
Y soñando las oye balar;
Se despierta y las llama en seguida,
Y engañada se tiende a llorar.
No llores, Pastora, que niña que llora
Bien pronto la oímos reír y cantar.

Levantóse contenta, esperando
Que ha de verlas bien presto quizás;
Y las vio; mas dio un grito observando
Que dejaron las colas detrás.
¡Ay mis ovejitas! ¡Pobres raboncitas!
¿Dónde están mis colas? ¿No las veré
más?

Pero andando con todo el rebaño
Otro grito una tarde soltó,
Cuando un gajo de un viejo castaño
Cargadito de colas halló.
Secándose al viento, dos, tres, hasta ciento,
¡Allí una tras otra colgadas las vio!

Dio un suspiro y un golpe en la frente,
Y ensayó cuanto pudo inventar,
Miel, costura, variado ingrediente,
Para tanto robón remendar;
Buscó la colita de cada ovejita
Y al verlas como antes se puso a bailar.

JUAN CHUNGUERO

Era Juan Chunguero insigne gaitero
Con la misma gaita que fue de su taita,
Y aunque un aire sólo trinaba este Apolo,
Furibundo estrépito formaba con él.

Y muchas parejas, y aun viejos y viejas,
Bailaban en tanto con risa y con canto,
Y de ellos no pocos resultaron locos
Por arte diabólica del músico aquel.

La abuela Tomasa volviendo a su casa
Bailó una cachucha, tan ágil, tan ducha,

Que vieja y canasto se hicieron emplasto
Y tortilla espléndida de huevos con pan.

Dicen que un cordero salió maromero
Y montó en un lobo que andaba hecho
un bobo.
Y que aquella vaca que ordeñaba Paca
Armó con el cántaro una de «¡San Juan!»

Iba en su camino sudando un pollino
Y dándole palo su enemigo malo,
Mas oyó al gaitero y ¡adiós del arriero!
Y ¡adiós carga y látigo, cabestro y cinchón!

Pero no hubo gloria en toda esta
historia
Como la de aquella Pastorcita bella
Viendo ya encolada toda su manada
Valsando alegrísima de la gaita al són.

Y al ver a Pastora aquel Juan Chunguero,
Y oyendo a Chunguero la linda Pastora,
Él se hizo Pastor; gaitera, Pastora,
Y él su corderito y ella su cordero.

LA POBRE VIEJECITA

Érase una viejecita
Sin nadita qué comer

Sino carnes, frutas, dulces,
Tortas, huevos, pan y pez.

Bebía caldo, chocolate,
Leche, vino, té y café,
Y la pobre no encontraba
Qué comer ni qué beber.

Y esta vieja no tenía
Ni un ranchito en qué vivir
Fuera de una casa grande
Con su huerta y su jardín.

Nadie, nadie la cuidaba
Sino Andrés y Juan y Gil
Y ocho criadas y dos pajes
De librea y corbatín.

Nunca tuvo en qué sentarse
Sino sillas y sofás
Con banquitos y cojines
Y resorte al espaldar.

Ni otra cama que una grande
Más dorada que un altar,
Con colchón de blanda pluma,
Mucha seda y mucho holán.

Y esta pobre viejecita
Cada año hasta su fin,

Tuvo un año más de vieja
Y uno menos qué vivir.

Y al mirarse en el espejo
La espantaba siempre allí
Otra vieja de antiparras,
Papalina y peluquín.

Y esta pobre viejecita
No tenía qué vestir
Sino trajes de mil cortes
Y de telas mil y mil.

Y a no ser por sus zapatos,
Chanclas, botas y escarpín,
Descalcita por el suelo
Anduviera la infeliz.

Apetito nunca tuvo
Acabando de comer,
Ni gozó salud completa
Cuando no se hallaba bien.

Se murió de mal de arrugas,
Ya encorvada como un 3,
Y jamás volvió a quejarse
Ni de hambre ni de sed.

Y esta pobre viejecita
Al morir no dejó más

Que onzas, joyas, tierras, casas,
Ocho gatos y un turpial.

Duerma en paz, y Dios permita
Que logremos disfrutar
Las pobrezas de esa pobre
Y morir del mismo mal.

EL GATO BANDIDO

Michín dijo a su mamá:
«Voy a volverme Pateta,
«Y el que a impedirlo se meta
«En el acto morirá.
«Ya le he robado a papá
«Daga y pistolas; ya estoy
«Armado y listo; y me voy
«A robar y matar gente,
«Y nunca más (¡ten presente!)
«Verás a Michín desde hoy».

Yéndose al monte, encontró
A un gallo por el camino,
Y dijo: «A ver qué tal tino
«Para matar tengo yo».
Puesto en facha disparó,
Retumba el monte al estallo,
Michín maltrátase un callo

Y se chamusca el bigote;
Pero tronchado el cogote,
Cayó de redondo el gallo.

    Luego a robar se encarama,
Tentado de la gazuza,
El nido de una lechuza
Que en furia al verlo se inflama.
Mas se le rompe la rama,
Vuelan chambergo y puñal,
Y al son de silba infernal
Que taladra los oídos
Cae dando vueltas y aullidos
El prófugo criminal.

    Repuesto de su caída
Ve otro gato, y da el asalto.
«¡Tocayito, haga usted alto!
«¡Déme la bolsa o la vida!»
El otro no se intimida
Y antes grita: «¡Alto el ladrón!»
Tira el pillo, hace explosión
El arma por la culata,
Y casi se desbarata
Michín de la contusión.

    Topando armado otro día
A un perro gran bandolero,
Se le acercó el marrullero
Con cariño y cortesía:

«Camarada, le decía,
«Celebremos nuestra alianza»;
Y así fue: diéronse chanza,
Baile y brandy, hasta que al fin
Cayó rendido Michín
Y se rascaba la panza.

«Compañero, dijo el perro,
«Debemos juntar caudales
«Y asegurar los reales
«Haciéndoles un entierro».
Hubo al contar cierto yerro
Y grita y gresca se armó,
Hasta que el perro empuñó
A dos manos el garrote:
Zumba, cae, y el amigote
Medio muerto se tendió.

Con la fresca matinal
Michín recobró el sentido
Y se halló manco, impedido,
Tuerto, hambriento y sin un real.
Y en tanto que su rival
Va ladrando a carcajadas
Con orejas agachadas
Y con el rabo entre piernas,
Michín llora en voces tiernas
Todas sus barrabasadas.

Recoge su sombrerito,
Y bajo un sol que lo abrasa,
Paso a paso vuelve a casa
Con aire humilde y contrito.
«Confieso mi gran delito
«Y purgarlo es menester,
«Dice a la madre; has de ver
«Que nunca más será malo,
«¡Oh mamita! dame palo
«¡Pero dame qué comer!»

Cuentos morales
para niños
formales

TÍA PASITROTE

Tía Pasitrote
Salió con Mita
Y en el cogote
Va la chiquita.

Toda la gente
Soltó la risa
Y ella les dijo:
«Voy muy de prisa;

«Ríanse ustedes;
«Yo también río».
Y doña Gata
Les hizo «Muío».

Compró zapatos
Para Madama,
Pero a su vuelta
La encontró en cama.

Le dio una fruta,
Le dio una flor,
Y al punto Mita
Cogió un tambor;

Y con más garbo
Que un capitán,

Dio un gran redoble,
¡Ra-ca-ta-plán!

Tía Pasitrote
Fue a comprar leche
Y le dijeron
«Que le aproveche».

Buscando a Mita
Volvió corriendo
Y a la chiquita
La halló cosiendo.

Quieta y juiciosa
Como un muchacho
Ensartando hebras
De su mostacho.

Salió a comprarle
Capa o capote
Y unas navajas
Para el bigote;

Pero al retorno
La halló traviesa
Patas arriba
Sobre una mesa.

Le dio a la tía
La pataleta,

Mas volvió en sí
Con la trompeta.

Llegó la tía
Tan boquiabierta
Que no cabía
Por esa puerta.

Dio un paso en falso,
Móndase un codo,
Y al suelo vino
Con silla y todo.

Entonces grita
«¡Ay! ¡ay! ¡ay! ¡ao!»
Y la Michita
Dijo «¡Miaao!»

Salió a comprarle
La mejor pluma,
Pagó por ella
Cuantiosa suma;

Volvió a la casa
Como clueca,
Y halló a la niña
Con su muñeca,

Un ratoncito,
¡Pobre ratón!

Que atormentaba
Sin compasión.

Salió a traerle
Una gorrita,
Pero al regreso
No encontró a Mita.

Dio muchas vueltas
Busca que busca,
Y atrapó al cabo
A aquella chusca.

Con un mosquete
De dos cañones,
Pólvora y balas
Y municiones.

Salió de nuevo
Tía Pasitrote
Con sus cachetes
Y su garrote.

Volvió muy pronto
Hecha una fiesta,
Con una silla
Para la siesta,

Y encontró a Mita
Lavando ropa
Y mojadita
Como una sopa.

JUAN MATACHÍN

¡Mírenle la estampa!
Parece un ratón
Que han cogido en trampa
Con ese morrión.

Fusil, cartuchera,
Tambor y morral,
Tiene cuanto quiera
Nuestro general.

Las moscas se espantan
Así que lo ven,
Y él mismo al mirarse
Se asusta también.

Y a todos advierte
Con lengua y clarín
«¡Ay de aquel que insulte
«A Juan Matachín!».

PERICO ZANQUITUERTO

Perico Zanquituerto
Se huyó con un dedal,
Y su abuelita Marta
No lo pudo alcanzar.

Él corre como un perro
Y ella como un costal,
Y apenas con la vista
Persigue al perillán.

Bien pronto se tropieza,
Da media vuelta y cae,
Y ella le dijo: «Toma
«¿Quién te mandó robar?»

Con un palo a dos manos
Lo iba alcanzando ya
Cuando siguió Perico
Corriendo más y más.

De un cubo de hojalata
Hizo luego un tambor,
De un huso viejo, espada,
Y del dedal, chacó;

Y al verse hecho un soldado
Exclama «¡Caracol!

«Ni un escuadrón de abuelas
«Me hará temblar desde hoy».

Un ganso en ese instante
El pescuezo estiró
Diciéndole: ¡«Amigote!
¿Qué tal? clí, clí, cló, cló».

Ahí sí se echó de espaldas
El vándalo feroz
Clamando: ¡Auxilio, auxilio!
«¡Que me traga este león!».

JUACO EL BALLENERO

Yo soy Juaco el ballenero
Que hace veinte años me fui
A pescar ballenas gordas
A dos mil leguas de aquí.

Enorme como una iglesia
Una por fin se asomó,
Y el capitán dijo: «¡Arriba!
«Esa es la que quiero yo».

Al agua va el capitán
Con su piquete y su harpón,
Lavándose antes los ojos
Con unos tragos de ron.

Al verlo alzar la botella
Se consumió el animal,
Y dieron vueltas y vueltas
Sin encontrar ni señal.

Cuando de repente ¡záz!
Da el pescado un sacudón
Y barco y gente salieron
Como bala de cañón.

La luna estaba de cuernos
Y hasta allá fueron a dar,
Y como jamás han vuelto
Debiéronse de quedar.

Cuando vayas a la luna
Busca a mi buen capitán
Con su nariz de tomate
Y su barba de azafrán.

Dile que este pobre Juaco
No lo ha podido ir a ver
Porque no sabe el camino
Ni tiene un pan que comer.

Y si viniere un correo
De la luna para acá,
Mándame una limosnita
Que Dios te la pagará.

ARRULLO

Duerme, duerme, vida mía;
No más juego y parlería.
Cierra, cierra los ojitos,
Que los ángeles benditos
Mientras haya quien los vea
No te vienen a arrullar.

Duerme pronto, dulce dueño,
Que yo misma tengo empeño
De quedarme dormidita
Y gozar de la visita
De esos ángeles que vienen
A mecerte y a cantar.

Duerme, duerme vida más,
No se vaya a enfadar.
Duerme, duerme, que ya vienen
Y dormido los verás,
Que te mecen y remecen
Y te besan a compás.

EL PASEO

Hermosa está la mañana;
Y como Sara y Mariana
Y Valentín y Ramón
Han dado bien la lección,

Se decreta un gran paseo
Con tal de que con aseo
Toda la gente se vista.
Hé allí la canasta, lista
Con fiambre de tomo y lomo.

—¡Vámonos, o me lo como!
Ataos bien los sombreros,
Muchachas y caballeros,
Porque vamos a apostar
Al que más rápido corra,
Y aquel que pierda la gorra
Tiene después que ayunar.
Nombro capitán a Irene,
Y el ama irá con el nene.

Iban ya por el portón
Cuando el amable Ramón
Sabiendo que la criada
Estaba medio baldada,
Detúvose con placer
Para ayudarla a meter
La leña de la cocina.
Y el padre al verlo exclamó:
«—Al que ayuda, lo ayudó
«La Providencia Divina».

En cuanto al bobo de Máximo,
Como la lección dio pésima,
Quedó encerrado estudiándola

Con una cara famélica.
«¡Ay!» rezongaba, «¡qué lástima!
«¡Qué día tan lindo, qué pérdida!»
Y a sus pies gruñía «–¡Embrómate!»
Su condiscípula América.

Ya llegaron. Hizo alto la gente
En un campo a la orilla del río.
Desataron las chicas el lío
Y empezaron metiéndole diente.
Valentín desafió guapamente
A correr, y ganó el desafío.
Sara, Irene, Mariana y Dolores
Entretanto jugaban con flores,
Y tejieron coronas tan bellas
Que adornaron las gorras con ellas.
Luego entraron a un bote pintado
Y pasaron de un lado a otro lado.

Cuando el fiambre se acabó
Se hizo el dormido Papá
Y a Sarita le ocurrió
Ver qué tan dormido está.

Trajeron montones de heno
Para echárselos encima;
Él da un brinco de lo bueno
Así que ella se le arrima,

Y le dice: «¡Ah picarona!
«El enemigo está preso,
«Y en pena de su intentona
«Tiene que dejarme un beso».

Al punto que regresan del paseo
Va Mariana a buscar a Maximito
Llevándole la fruta más hermosa
Que le tocó del suculento avío.
Abre la puerta de la odiosa cárcel,
América se escapa dando un brinco
Y cansado de libros y muñecas
Estaba el niño Máximo dormido.

Los demás fueron al cuarto
De su dulce tía Victoria
Y le contaron la historia
De la excursión, y el reparto
De la gran manducatoria.
Nada quedó por decir,
Y después de repetir
Todo, todo la otra hermana,
Se marcharon a dormir,
Con lo cual, hasta mañana.

EL REY CHUMBIPE

Silva

I

Vanidad y ambición cuestan muy caro,
Y el Rey Chumbipe lo hizo ver bien claro.
Era el tal un fornido
Pavo, entre muchos pavos escogido,
Que en su corral, con Chumba y sus hijuelos,
pavipollos monísimos, vivía,
Y dio en la más ridícula manía.

Vivir bien, muy cuidado, en casa propia,
Con su familia entera, sin recelos,
Ni enemigos, ni deudas, —a este loco
Le pareció muy poco,
Y a su mujer también, pues la tal Pava
Era aún más fanfarrona que el marido.
A entrambos la ambición les trabajaba
Los sesos (si los tienen);
Nacidos para reyes se imaginan,
Quieren conquista y corte y fausto y
pompa;
Ansían que en todo pico al aire suenen
Su nombre y las empresas que maquinan,
Y que los elefantes con su trompa
Cantándolas en verso el orbe llenen.

«Está echada la suerte», exclamó un día

El insigne archipámpano saltando
  A un campo ajeno; «mira, esposa mía,
  ¡Qué vista tan soberbia, qué abundancia
De trigo y de maíz! no te parece
Que en esta rica estancia
¿Será prudente que a fundar empiece
Mi vasta capital de Chumbipía?
Y pues tenemos la despensa llena
«Vamos pronto, en caliente, convidando
Por esquela o por bando
A un gran festín que servirá de estrena
Al chumbípico mando.
Acudirán las aves por millones,
Como a sacarse de mal año el buche,
Y el Ganso les dirá: «Señores míos,
«Antes de que uno solo un grano em-
buche,
Vamos desagraviando, aunque tardíos,
«A nuestros dos modestos anfitriones.
«¿Hasta cuándo, señores, hasta cuándo
«Ha de seguir el Águila mandando?
«¿Qué derechos le asisten? ¿qué merce-
des
«Hizo jamás? ¿qué empleos, qué pensio-
nes
«Le han merecido ustedes?
«¿Cuándo esa pollicida
«Nos ha invitado a opíparo banquete
«Como el noble Chumbipe nos convida?
«¡Basta de sufrimiento!

«¡Cese nuestra abyección! ¡Pronuncia-
miento!
«¡Caiga el Águila impía!
«Y pues nada es peor que la anarquía,
«No dejemos acéfalo un momento
«El imperio del aire; sin demora
«Encarámese aquel a quien le incumba.
«Leo vuestro pensamiento:
«¡Vivan el Rey Chumbipe y Reina
Chumba!»
Tras de esta alocución, u otras razones
Que el hábil orador juzgue oportunas,
Votarán los glotones,
Y.... ya comprenderás.... ¡no tiene quite!....
Proclaman Rey al amo del convite
O se van en ayunas.

Chumba aprobó entusiástica el proyecto
Y lo puso en efecto
Arrancando una pluma del buen Ganso,
Que ya estudiaba con afán su arenga,
Y escribiendo con ella la obligada
Fórmula de «Se espera que usted venga».
Toda la grey volátil fue invitada
Excepto Águila y Buitre; también creo
Que el Pavo Real y su gentil señora
Se pasaron en blanco, no embargante
El parentesco y la orden terminante
De instarlos con dulcísimo tuteo
Que Chumbipe galán dio a la escritora.

Algún viejo zelillo entraba en cuenta,
O el traje de su primo y su parienta
No agradaban a Chumba; esta doctora,
Digna mujer del fantasmón zoquete,
No advirtió nunca que el Pavón hinchado
Es, con toda su púrpura y brocado,
Un para nada, un ruin *mírame y vete*.

  Escritas las esquelas, de correo
Sirvieron las palomas;
Y como se usa poco el dejar feo
A quien convida y paga el regodeo,
Todas las aves en sus treinta idiomas
Contestaron *acepto* a los mensajes
Y se aplicaron a afilar los picos
Y aderezar los trajes;
Menos la golondrina, tierna madre,
Que al son de un guirigay de chillidos,
Se excusó cual lo exige la crianza,
Por no tener una ama de confianza
Con quien dejar sus tres recién nacidos.

II

  «¡Mire, *taitica*, qué pajarería!
«¿Qué querrá decir eso? ¡Ave María!»
Dijo Alfonso a Pantaleón: «¡aprieta!»
«¿Qué santa será hoy?» —Y el mayordo-
mo
Repuso: «A eso venía.

«Yo les preguntaré; yo entiendo el cómo.
«Aquí va mi escopeta».

Cuando pasó este diálogo, llegaban
Los convidados al festín. Guanajo
Acertó lindamente en que vendrían
Con una hambre feroz, como que apenas
Se apearon del viento que los trajo,
Empezó el manducar, sin dar la pata
Ni saludar siquiera a los patrones,
Ni arreglarse el collar o la corbata.

En tumulto incivil, por pelotones,
Todo a la rebatiña y sin decoro
Cayeron sobre espigas y mazorcas,
Y en la uva el ebrio charlatán del loro.
Muchos de los famélicos viajeros
Llegaron sin sombreros,
Los demás, sin quitárselo atacaron,
Y en fin, sólo en comer, sólo en hartarse
Del primero hasta el último pensaron.

No, me equivoco: una omisión cometo:
El orgulloso gallo que se jacta
De cortés con las damas, por respeto
A Chumba su parienta y su vecina,
Entró como quien es, a la hora exacta,
Dando el brazo a su esposa la Gallina.
Pero se amostazó con la inurbana

Conducta de los huéspedes; a muchos
Recetó buena zurra de espolazos
Tratándolos de hambrientos avechuchos;
Y reciando en furor, llegó al exceso
De llamar «vieja» y «gomia» y «estantigua»
¿A quién? a doña Gansa, ilustre anciana,
¡Docta escritora! —Y eso,
Porque, observando una costumbre anti-
gua
En matronas de edad y seso y peso,
Dio el mal ejemplo de embuchar con gana
¡Y no dejar ni el hueso!

En cuanto al Rey Chumbipe, al ver frus-
trado
Su gran golpe de Estado,
Se rascaba la cresta de coraje
Y araba el suelo cual bufante toro;
Y Chumba, más rabiosa que el marido
Y rabiosa con él (la causa ignoro),
Tratábalo de zueco y de muñeco
Y aun le infería el horroroso ultraje
¡De tirarlo del fleco!

Ambos consortes, sobre todo Chumba,
Dieron al Ganso mil y mil guiñadas
Con las uñas armadas
Para que hablase al fin y metiese orden
En aquella balumba;

194

Y el Ganso dócil, unas tantas veces
Hizo el esfuerzo, abrió tamaño el pico,
Y en vez de hablar graznó veinte sande-
ces
Que ahogaba con sus gritos el Perico.

Viendo Chumbipe su imperial quimera
Disipada en un chasco soberano,
Quiso una chumbipada hacer siquiera
Para darse infulillas de tirano.
Llamó a la Grulla (hermana o madre o tía
De Pedro Grullo el inmortal zoquete)
Y le dijo: «Te nombro Policía,
«Arréstame ese Gallo matasiete
«Que está en mis barbas insultando a to-
dos».
—El Gallo que esto escucha
A espuela y pico a entrambos arremete,
Veinte o treinta mirones
Echan su cuarto a espadas en la lucha,
Y se vuelve una Troya el gran banquete.
Varios de esos paletos tragantones
Que el Gallo regañó, con sus aliados
Contra Su Majestad; éste, resiste
Cual terca mula, y como toro embiste,
Y pica a todos lados
Pero aquéllos son más, y al cabo el triste
Sucumbe a sus asaltos redoblados.

El Pavón, sin que nadie lo invitara,
Con su Pavona cara
Se asomó de gorrista, alias Mogrollo,
Con mucho encaje y cola y perifollo,
Y al ver el tal festín y en lo que para
Ríense a carcajadas, a costillas
De Chumbipe y de Chumba. Esta lo ad-
vierte
Y desmayada de vergüenza cae;
Con lo cual la función, por el más fuerte
Se decidió; los debelados huyen
Buscando escapatoria,
Y el gallo triunfador canta victoria.

Mas ya por este punto de la historia
Estaban a la vista
Alfonso y Pantaleón con su escopeta;
El gallo los avista,
Pero ¿cómo en el campo de la gloria
Volver la espalda? —Pantaleón le apunta,
Da fuego, le acertó, lo desgolleta,
Y en su muy honorable compañía
Más de una ave cayó lesa o difunta;
Avanza Pantaleón, vuela el que puede,
Mas Chumbipe infeliz, ni con muleta.

Cuentan que al otro día
Un gordo Pavo con primor relleno

El cocinero a su señor servía,
Y que el compadre Pancho le decía:
«Nunca en la vida lo gusté tan bueno».
  Chumba al viejo corral volvió en derrota
Y allí encontró que el Buitre carnicero
Devorando su cría
Aprovechó su ausencia y la chacota
Del festín pendenciero.

  Desde entonces ella misma se achacaba
La muerte de Chumbipe y de sus pollos;
Mas se curó de su ambición la Pava,
Y ya no la tentaba
Meter baza en políticos embrollos.

UN SARAO PERICANTE

I

  «¡Perla! —dijo a doña Alcira
«Su esposo el doctor Pilato—
«Hace un año, ¡tiempo grato!
«Que nos casamos tú y yo;

  «Y es justo que festejemos
«Debidamente el gran día;
«¿Qué opinas, cachorra mía?»
«—Hágase», le respondió;

«Pero no echemos en fiestas
«La casa por la ventana
«Y nos hallemos mañana
«Sin un hueso qué almorzar.

«Para mí no hay fiesta alguna
«Más dulce que estar contigo;
«Pero no te contradigo,
«Tu querer es mi mandar».

«—¡Gracias!» Soponcio replícale
Dándole un beso en la frente,
«Vamos pues, incontinenti,
«A invitar para el festín.

«Dicta los nombres, paloma,
«Yo seré tu secretario,
«Y en el ramo pecuniario
«Expide tú el boletín».

«—Ante todo, es de ordenanza,
«Dijo la amable doctora,
«Convidar a Pincho y Flora,
«Padrinos de nuestra unión.

«Y al decir flora, ya dije
«Su novio el galán Barbucho;
«No se divirtiera mucho
«Uno solo de los dos.

«Luego con su fiel Canícula,
«Don Tripón Mastín Tarasco...»
«—A ese no hay que darle un chasco
«Con una cena así, así».

«—Tú verás. Apunta al Conde
«Arrufo de Terranova,
«A Zaida, a Zamba, a Caoba,
«Y a la linda Fililí.

«Con veinte más, es bastante,
«Las chicas tendrán parejas,
«Y los viejos y las viejas
«Charlarán y comerán.

«Yo, traje nuevo no haré,
«Prefiero el de nuestra boda,
«Y si no lo creen de moda,
«¡Qué me importa el qué dirán!»

II

Llegó la noche fijada
Por nuestros cónyuges tiernos,
Y por pares o por ternos
Llega la gente invitada.

Vense allí, como en museo,
Lebrel, Pachón, Gozque, Alano,

Sabueso, Galgo, Jateo,
Y el Chino y Faldero enano.

Los que gastan más boato
Vienen en carroza propia,
Los atacados de inopia
En un ómnibus barato.

La sala, limpia y sencilla,
Do aqueste gaudeamus pasa
Es el zaguán de una casa,
Con su escaño y con su silla.

Pero como era sensato
Dejarlo holgado, ancho y fresco,
Se arregló para el refresco
La covacha de Pilato.

Dos ujieres, mono y mona,
Anuncian los nombres; pero
Examinan bien primero
Los pies de cada persona;

Pues la señora abomina
Ver en su alfombra una mancha
Y sabe que en esto es ancha
Toda conciencia canina.

Por más variada y amena
Se dispuso a hacer la holganza

Sarao de canto y danza
Con apéndice de cena.

   Mas para Tripón Tarasco
El apéndice es la obra,
Canto y baile están de sobra
Y les hace un gesto de asco.

   Acercóse con misterio
A doña Alcira, y le dijo
«Temo que en el regocijo
«Nos acontezca algo serio;

   «Se me accidentó en el coche
«Mi idolatrada Canícula,
«Y fuera cosa ridícula
«Que repitiera esta noche;

   «Está débil, —y es receta
«Del doctor en tales casos
«Darle, a intervalos escasos,
«Un tenteenpié, una muleta».

   Doña Alcira trajo al punto
torta de ratones fría,
Bocado a cuya energía
Estornudara un difunto;

   Y él, más veloz que una flecha,
La intercepta con aplomo

Diciendo: «Cuanto yo como,
«A mi mujer le aprovecha».

Con cuyo breve prefacio
Se arrellana como un fraile
A gozar de torta y baile
El digno alumno de Horacio.

Diose principio a la fiesta
Con la hermosa sinfonía
de *La Muta,* alias *Jauría,*
Trabajada a grande orquesta.

Luego, un trozo de *Podenco
De Padua,* bastante malo
Y un dúo del *salgan-a-palo*
Que también salió algo renco.

Después la contralto Zaida
Cantó aquella cavatina
«Late il cor» de *Perrisina*
Y la canción de *Zorraida.*

Pero la gran prima donna
Fue Fililí, la faldera,
La que debió ser postrera
Si talla hiciese persona.

Y aunque alegó estar muy mala,
Con el gañón como un cristo,

Y que en dos meses no ha visto
Un papel, ni hecho una escala,

Dio una aria de *Gazza Ladra*
Con tal eléctrico efecto,
Que sollozó (en su dialecto)
Cuanto perro hubo en la cuadra;

Y entusiasmado Tarasco
Cantó la marcha bucólica
De *Zampa,* en voz tan diabólica
Que todos gruñeron «Fiasco».

Con esto el concierto expira
Y Pincho rompió la danza
Poniendo una contradanza
Con su ahijada doña Alcira.

Los novios Flora y Barbucho
Fueron pareja perenne,
Lo cual, en tono solemne,
Se lo motejaron mucho.

Y también como mal hecho,
Se tachó al doctor Pilato
Que disertase gran rato
Sobre puntos de Derecho.

Mas aquello no fue obstáculo
Al común esparcimiento:

Ninguna dama en su asiento
Quedó de mero espectáculo.

Cabriolaron como locos;
Y aunque perros, o bien, canes,
Ninguno allí vio cancanes
Ni otros groseros descocos.

Y cuando de tal faena
Se cansó todo el perrambre,
Pararon latiendo de hambre
A descansar en la cena.

Esta fue digna corona
De tertulia tan completa,
Salvo que en una pirueta
Manchó un vestido la mona.

Y sin otra peripecia
La orquesta les dijo abur
Con el *Dogo de Venecia*
Y *Rucia de Lamermur*.

Tras de lo cual la alborada
De un perro lluvioso día
Vio salir la perrería
A dormir su trasnochada.

MIRRINGA MIRRONGA

Mirringa Mirronga, la gata candonga,
Va a dar un convite jugando escondite,
Y quiere que todos los gatos y gatas
No almuercen ratones ni cenen con ratas.

«A ver mis anteojos, y pluma y tintero,
«Y vamos poniendo las cartas primero.
«Que vengan las Fuñas y las Fanfurriñas,
«Y Ñoño y Marroño y Tompo y sus niñas.

«Ahora veamos qué tal de alacena.
«Hay pollo y pescado, ¡la cosa está bue-
na!
«Y hay tortas y pollos y carnes sin grasa.
«¡Qué amable señora la dueña de casa!

«Venid mis michitos Mirrín y Mirrón.
«Id volando al cuarto de mama Fogón
«Por ocho escudillas y cuatro bandejas
«Que no estén rajadas, ni rotas ni viejas.

«Venid mis michitos Mirrón y Mirrín
«Traed la canasta y el dindirindín,
«¡Y zape, al mercado! que faltan lechugas
«Y nabos y coles y arroz y tortuga.

«Decid a mi amita que tengo visita,

«Que no venga a verme, no sea que se enferme;

«Que mañana mismo devuelvo sus platos,

«Que agradezco mucho y están muy baratos.

«¡Cuidado, patitas, si el suelo me embarran!

«¡Que quiten el polvo, que frieguen, que barran!

«¡Las flores, la mesa, la sopa!... ¡Tilín!

«Ya llega la gente. ¡Jesús, que trajín!»

Llegaron en coche ya entrada la noche
Señores y damas, con muchas zalemas,
En grande uniforme, de cola y de guante,
Con cuellos muy tiesos y frac elegante.

Al cerrar la puerta Mirriña la tuerta
En una cabriola se mordió la cola,
Mas olió el tocino y dijo «¡Miaao!
«¡Este es un banquete de pípiripao!»

Con muy buenos modos sentáronse todos,
Tomaron la sopa y alzaron la copa;
El pescado frito estaba exquisito
Y el pavo sin hueso era un embeleso.

De todo les brinda Mirringa Mirronga:
«—¿Le sirvo pechuga?» —«Como usted disponga;
«Y yo a usted pescado, ¿que está delicado?»
«—Pues tanto le peta, no gaste etiqueta:

«Repita sin miedo».—Y él dice: «Concedo»;
Mas ¡ay! que una espina se le atasca indina,
Y Ñoña la hermosa que es habilidosa
Metiéndole el fuelle le dice «¡Resuelle!»

Mirriña la cuca le golpeó en la nuca
Y pasó al instante la espina del diantre,
Sirvieron los postres y luego el café,
Y empezó la danza bailando un minué.

Hubo vals, lanceros y polka y mazurka,
Y Tompo que estaba con máxima turca,
Enreda en las uñas el traje de Ñoña
Y ambos van al suelo y ella se desmoña.

Maullaron de risa todos los danzantes
Y siguió el jaleo más alegre que antes,
Y gritó Mirringa «¡Ya cerré la puerta!
«¡Mientras no amanezca, ninguno deserta!»

Pero ¡qué desgracia! entró doña Engracia
Y armó un gatuperio un poquito serio
Dándoles chorizo del tío Pegadizo
Para que hagan cenas con tortas ajenas.

EL REY BORRICO

La Animalia reunida eligió un día
Por soberano a un burro de alquería,
Y el Rey Borrico inauguró su mando
Con el rebuzno del siguiente bando:

«Óyeme, Falderí dijo al Faldero,
«Sé por hoy mi ordenanza o mensajero;
«Ponte la gorra en el instante, y sales
«A llamar a los otros animales.

«Tengo un plan vasto, original y serio
«En pro del auge y gloria de mi imperio.
«Y quiero que lo escuchen de mi boca
«Que por órgano tuyo los convoca.»

El Rey fue obedecido, y al concurso
Rebuznó majestuoso este discurso:
«¡Fieles vasallos! mucho me intereso
«En hacer mi reinado el del progreso.

«Hasta ayer vuestros déspotas reales
«Han sido unos solemnes animales,

«Pero desde esta fecha se acabaron
«La ignorancia y resabios que dejaron.

  «El Gato, de hoy en adelante, queda
«Sirviendo de Mastín; que éste le ceda
«Su ancho collar, y encárguese el galfarro
«De aliviar al Rocín tirando el carro.

  «Déjese el micho de cazar ratones;
«Que ladre y no maúlle a los ladrones,
«Y ya que trasnochar le gusta tanto
«Vele ojo alerta y muerda sin espanto.

  «El Mastín a su turno, que relinche;
«¡Cuidado! no atarace al que lo linche;
«Y si le prenden el arado al pecho,
«Esmérese tirando muy derecho.

  «Al Gallo incumbe reemplazar al Gato,
«Disfrutará el ratón de mejor trato;
«Y si el Gallo no maya, es mi deseo
«Que en oliendo ratón dé un cacareo.

  «En cuanto a ti, Faldero, bien te estimo,
«Pero con tanto beso y tanto mimo
Te han vuelto flojo y lindo y casquivano,
«Por lo cual te degrado hasta Marrano.

  «Márchate a la pocilga, no más faldas;
«Cubran ásperas setas tus espaldas;

«Y engorda, para honor del mayordomo,
«Que hará de ti un magnífico solomo.

 «Venga a servir el Puerco tu destino,
«Pero primero lávese el cochino,
«Y que aprenda a latir del ex-Faldero,
«Pues eso de gruñir es muy grosero.

 «Tocante a mí, señores, es muy justo
 «Que alguna vez me huelgue y me dé
gusto,
«Por lo cual os traspaso y os regalo
«Cuanto me quieran dar de azote y palo.

 «La dignidad del cetro no permite
«Que otro me monte y me albarde y grite.
«Tratarme como a un asno es desacato,
«Y en tal virtud renuncio al asnalato.

 «Seguiré rebuznando, es muy posible,
«Mas ¿eso qué tendrá de incompatible?
«¿Acaso no rebuznan en sus leyes
«Presidentes y Cámara y Reyes?...»

....
«Iba aquí la oración de la Corona
«Cuando entró de improviso la fregona
«Y repartiendo escoba por el viento
«Disolvió irreverente el parlamento.

UN BANQUETE DE CHUPETE

Oros y copas, bastos y espadas,
Aquellas pintas endemoniadas
Que para ruina de hijos y yernos
Traen las *cartas* de los infiernos.

Cuando a Inglaterra las mandó España
El rey les dijo: «¡Fuera, cizaña!»
Pero el Demonio, docto en diabluras,
Cambió sus nombres y sus figuras;

De las espadas hizo *azadones,*
Mudó las copas en *corazones,*
Dejó los bastos *palos* como antes
Y de los oros sacó *diamantes.*

Luzbel, antiguo contrabandista,
Con esta treta dio chasco al Vista;
Metió los naipes en Inglaterra,
Y desde entonces... ¡ay, pobre tierra!

Pues bien: la Reina de corazones
Hizo unas tortas y unos turrones,
Y envió a la Sota con un paquete
De invitaciones para el banquete.

Pero don Sota, gran tragaldabas,
Dijo: «¿Banquete? pronto te acabas».

Fue a la despensa, se engulló todo
E hizo el mandado medio beodo.

Las seis sonaban cuando en estrados
Ya estaban todos los convidados,
Y el Maestresala, con voz de fiesta,
Dijo: «¡A la carga, la mesa puesta!»

Reyes y Reinas marchan por pares
A confortarse con los manjares
Porque, aunque Reyes, daban bostezos
Y estaban largos tantos pescuezos.

En el camino les huele a flores;
Nada de ajiaco u otros valores;
Llegan, ¿y qué hallan?... Mucho florero,
Platos, cuchillos, mantel y... ¡Cero!

Alzan las tapas; dan una ojeada
Por las despensas...—Idem: ¡no hay Nada!
La reina al punto cae de un vahído,
Y empuña el sable su real marido.

«¡Señor!» dijeron todos los otros,
«No haga un escándalo por nosotros.
«Hambre, tenemos; mas, Dios mediante,
«Con agua que haya será bastante».

«—¡Qué, qué! ¿con agua? —dijo el Monarca—,

«¡Yo me tragara a Noé y a su arca!
¡Formad al frente, viles sirvientes,
«Y vamos viendo lenguas y dientes».

Dio en el busilis: cayó la Sota
Por ciertas miajas que el Rey le nota;
Úrdele embustes en tal conflicto,
Mas Tragatortas quedó convicto.

«¡Un hacha, un cuerno! —gritó el Mo-
narca—,
«¡Venga el verdugo, venga la Parca!»...
—La Reina al grito volvió en cabales
¡Ay! preguntando por sus *tamales*.

Así que supo lo acontecido,
Imploró gracia para el bandido,
Y aquel repuso: «Bien, no hay muerte,
«Mas no te libras de un baño, y fuerte.

Fue dicho y hecho. Los invitados
Buscaron luego café o helados;
Mas ya en tres leguas a la redonda
No estaba abierta ninguna fonda.

EL CONEJO AVENTURERO

Érase un Conejito que vivía
En remoto rincón de un monte espeso,

Albergue fiel donde jamás llegaron
Astuto cazador ni ágil podenco.

  Allí saltaba y correteaba libre
Ignorando qué fuesen hambre o miedo,
Con lo bastante para sí, y un algo
Qué agasajar a novia o compañero.

  No le faltaba nada, y sin embargo
No estaba el Conejillo satisfecho.
«Esta vida es muy zonza —repetía,
«No es para mí, que anhelo el universo,

  «Quiero ver cuánto corre este arroyito,
«Quiero ver cuánto cubre ese ancho
cielo,
«Y a dónde van las aves y las nubes,
«Y cómo viven los demás conejos».

  Y así una madrugada, cuando a todos
Los embargaba en su casita el sueño,
Él se fugó, sin lágrimas ni adioses,
Ni abrazar a la madre y darle un beso.

  Como a una milla se detuvo, y dijo:
«¡Salí del monte, qué país tan bello!»
Cuando, ¡trun! suena un tiro, silba el plo-
mo,
Y milagrosamente escapa ileso.

Alarmado y no poco, apuró el paso,
Mas qué rumbo tomar no era muy cierto
Porque si viene otra descarga, el pobre
Puede quedar exánime en el puesto.

En tal dilema, tembloroso y pálido,
Sentóse a meditar nuestro viajero,
Y en breve pasan por allí unos niños,
Con el prurito de cazar conejos.

Lo ven, lo espían, cárganle a pedradas,
Y él dijo: «huyamos, la demora es riesgo,
«Tal vez más adelante iré seguro»...
Pero ¡ay! más adelante, sustos nuevos.

Ya un árbol desplomado a golpe de ha-
cha,
Ya un coche, un gato, un escuadrón de
ovejos,
Ya un tren, que sin saber cuándo ni cómo,
Resbala encima de'l, bufando fuego.

«¡Esto no puede ser!» murmura atónito,
«Dejemos el viajar para otro tiempo,
«Volvámonos a casa»; ¿más por dónde
Si ya ni sabe dónde está el batueco?

«¡Ay! ¿y por qué salí de entre los míos,
«Exclamó sollozando de despecho,

«Para rodar así, siempre temblando,
«Siempre a merced de todos los que encuentro?»

«¡Pero valor! yo he de volver un día
«Y tendré qué contar. A lo hecho, pecho;
«Y por lo pronto pues estoy rendido,
«Venga lo que viniere, descansemos».

Iba por ese lado un campesino
Y encuentra dormidito al andariego;
«¡Hola, así duerman todos!» dijo el hom-
bre,
Y despertó en sus manos el Conejo.

A una jaula fue a dar aquel gigante
Que anhelaba por casa el mundo entero;
Espacio en qué voltearse apenas logra,
Y si algo mira, es al través de hierros.

Por su fortuna este individuo sabe
Ponerse en cuatro pies y estarse quieto,
Más, aún así, si no se agacha un poco,
Siempre con las orejas toca el techo.

Pero él se consoló; pronto decía
«Vamos, bien visto no es tan malo el cepo;
«Estas gentes son muy caritativas
«Y han querido esconderme a todo ries-
go».

«En el negocio de comer, y en todo,
«Me tratan con decencia, lo confieso,
«Y así que más y más vaya engordando
«Me irán sin duda más y más queriendo».

Oyendo este discurso unos tocayos
Vecinos de'l, gritáronle: «¡Camueso!»
«¡Tu destino es morir! tal vez cocido
«O, más sabroso, asado a fuego lento».

«No, repuso, no embromen; tales cosas
«Ya no se ven, eso era de otro tiempo»;
Mas ¡oh! la misma tarde, ¡qué espectácu-
lo!
Vio marchar al fogón a uno de aquellos.

«¡Qué perfidia, qué horror!» sudando frío
Clamó el Conejo; «entonces, prefiero yo
«Enflaquecerme todo lo posible
«Porque engordar quiere decir ¡comér-
noslo!»

Y en efecto, ayunó desde aquel día
Como un anacoreta en el desierto:
Ver una zanahoria espeluznábalo;
Soñaba con pasteles de conejo.

Y al acordarse de sus tristes padres,
(Que olvidó libre y recordaba preso)

Decía: «No me hallara en este trance
«Si hubiese obedecido sus consejos».

Por fin, al verlo cada día más flaco,
Pensaron: «Tiene tisis, cuando menos»
Y ábrenle la hucha: «¡Vete, noramala!
«Esto no es hospital; ¡fuera el enteco!»

Obedeció con gusto, más al paso
Le saltó encima un mastinón tremendo,
Y escapó solamente porque había
En la cadena media cuarta menos.

Un galopín le disparó una escoba
Al escalar la talanquera trémulo,
Y él dijo: «¡Cielo santo! ¡de qué modo
«Despiden a la gente estos sujetos!»

Y al otro lado hambriento pero vivo,
Huyó incansable sin tomar resuello,
Cuando a la vuelta de un peñón descubre
A Londres con sus leguas de portentos.

«¡Ah! qué hacienda tan grande, exclamó
al punto,
«En almorzando le daré un paseo;
«Sus dueños deben ser gente muy rica
«Que no engulle gazapos y conejos.

«En todo caso a mí ya no me pillan

«Con la experiencia y práctica que tengo:
«Si asoma un quídam con fusil, me escon-
do,
«Y así que me dé sueño, a un agujero».

Con este sabio plan de operaciones
Púsose en marcha; mas andando un tre-
cho
Siente asida una pierna, da un chillido;
¡Ah! el infeliz quedaba herido y preso.

Así aprendió qué cosa es una trampa,
Palabra que no estaba en su librejo,
Y al acercarse el cazador, él mismo
Diole el cruel parabien con sus lamentos.

Pero al abrir la trampa, el Conejillo
Tal vez por flaco, se escapó de nuevo;
Y el hombre no lo persiguió, que acaso
Pastel de pierna rota es indigesto.

En ayunas y cojo, poco anduvo
el mísero animal; y hubiera muerto
Si no acierta a pasar por donde él iba
Un viejo amigo, insigne curandero.

Con agua pura restañó el desangre,
Paso entre paso hasta su bosque fueron,
Y al divisar su pobre albergue el cojo
Llorando de emoción bendijo al Cielo.

219

«¡Ya sé, exclamó, ya sé lo que tú vales!
«Y de hoy en adelante no habrá esfuerzo
«¡Que me arranque de ti!»...
—Pero esa noche, cuando ya era feliz,
murió el Conejo.

No hay culpa que se quede sin castigo
Y no hay virtud ni buena acción sin pre-
mio,
Y el desobedecer a nuestros padres
Siempre costó durísimo escarmiento.

Bueno es viajar si hay alguien que nos
guíe
Y el viaje tiene un digno útil objeto,
Y ninguno más digno que el estudio
De lo que falta en el nativo suelo,

Para volver, no a presumir de cultos,
Sino a enseñar y hacer lo que sabemos
Y honrar prácticamente a nuestra Patria
Y ser amor y orgullo de los nuestros.

Pero salir cual otro Don Quijote
A buscar aventuras, —¡ni por pienso!
Y una madre que dice: «¡Hijo, no partas!»
Habla en el nombre y con la voz del Cielo.

¿Y quién en tierra extraña es insensible
Al nombre de la Patria y sus recuerdos?

¡PATRIA! ¡gran Madre! polo de las almas,
¡Sagrario y corazón del universo!

¿Quién despreció jamás por chica o po-
bre,
La cuna de sus padres y sus héroes?
Si hay tal, que no disfrute ni la dicha
De abrazarla y morir, como el Conejo.

CHANCHITO

Encanto de sus padres, terror de los ajenos
Era el guarín Chanchito, galán como un ba-
rril;
Pesaba cinco arrobas, poquito más o menos,
Pero en habilidades pesaba más de mil.

Esto pasó, señores, en tiempos ya olvida-
dos,
No en estos tan presentes en que escribien-
do estoy;
Pasó cuando los cerdos eran bien educados
Y no puercos cochinos como los vemos hoy.

Los padres de Chanchito eran de alto co-
pete
Y de coche y derroche, en fin, gente de pro;
Cochinos que gruñían con cierto sonsonete

Como de «¡Puf, apártense, no hay otro yo que
yo!»

Entonces no se usaban estas carnicerías,
Y eran artes incógnitas chorizos y jamón,
Atroces invenciones de más recientes días
En que a la carne humana cogimos aversión.

Tía Gocha, vieja hermana del padre de
Chanchito,
Era una solterona más rica que el Perú,
Y dijo al buen Gochancho: «Traedme al so-
brinito
«El miércoles, sin falta, que tengo un ambigú».

Llegó el ansiado miércoles; y criadas y cria-
dos
Iban atropellándose solícitos doquier
Para vestir el párvulo; y escúchanse alterca-
dos
De voces disputándose llenar ese deber.

Pero Chanchito estaba hecho un berrín, fre-
nético,
Chillando y dentellando sin reparar a quién.
Salir le repugnaba; y repugnancia y cólera
Sólo eran porque entonces le suplicaban
«Ven».

Para aplacarlo enviaron por juegos y confi-
tes
Y su papá buscándolos de tienda en tienda
fue,
Y a fuerza de juguetes y de *tomes* y *quites*
Chanchito se distrajo y les repuso «Iré».

Vestirlo, con todo eso, fue empresa de roma-
nos;
Empalagó, dio mucho, muchísimo que hacer;
Y cuando estaban listos, con guantes en las
manos,
El tiempo descompúsose y comenzó a llo-
ver.

Taita Verraco exclama: «¡Aguarden! —He-
chos sopa
«Llegamos a la fiesta marchándonos así,
«Y fuera grosería llevar lodo en la ropa.
«¿Qué dices tú Chanchito: vamos en co-
che?»—«Sí».

Pronto llegó al vestíbulo el barnizado co-
che
Y pajes de librea al frente y atrás de él
Y antes de que sonaran las siete de la noche
Partió con sus señores a trote de corcel.

Mas dio y majó Chanchito sacando la cabeza

¡Y adiós! la portezuela de súbito se abrió
Y al lodo va el estúpido, y queda de una pie-
za
Negro de hocico a patas como jamás se vio.

Rompen en carcajadas vecinos y mirones
Al verlo sucio y feo cual una vil sartén,
Y todos dicen: «¡Bueno, que vivan los jabo-
nes!
«¡Toma, para que aprendas, lo mereciste
bien!»

Pescáronlo del fango, zampáronlo entre el
coche
Cual contagioso vómito que a todos alcanzó;
Y oyendo silbos y hurras, picando a troche-
moche
En retirada rápida la expedición volvió.

Vistiéronlo de limpio tras una larga friega
Y el competente gasto de almohaza y de ja-
bón,
El niño dio de nuevo impertinente brega
Pero, por fin, llegaron en regla a la función.

Comiéndoselo a besos lo recibió tía Gocha
Y su mamá le dijo: «No te comportes mal;
«Aquí la menor falta se observa y se repro-
cha,

«Y es grave la más mínima en gente princi-
pal».

Entraron a buen tiempo, ya hirviendo el
chocolate,
Y en torno de ancha mesa sentáronse al festín,
Mas ¡ay! al primer sorbo (que les quemó el
gaznate)
Hizo otra de las suyas el infernal gorrín.

Plato y cuchara y jícara saltaron contra el
suelo,
Raudal chocolatífero rodó por el tapiz,
Tía Gocha dio un gruñido, y dijo al mocosuelo
«¡Nunca otra vez en casa me asomas la na-
riz!»

Chanchito que tal oye empínase en su silla,
Agarra la bandeja del mojicón y el pan,
Y ¡zas! como metralla que zumba y acribilla
Contra la blanca trompa de doña Gocha van.

Levántanse los huéspedes en súbito tumul-
to
Gritando enrojecidos y bravos como ají:
«¡Señora! es un escándalo, un crimen, un in-
sulto
«¡Traer a este canalla y sentárnoslo aquí!»

«—Señores, repuso ella, mirad que es mi
sobrino;
Cochambra y Gochanchito se han esmerado
en él,
«Y nunca, en tantas veces que a divertirme
vino,
«Comió con el cuchillo ni salpicó el mantel.

«Sigamos, no dejemos enfriar el chocola-
te.
«El niño va a portarse; por su honra volverá»:
Y en esta inteligencia sentóse el botarate
Y empieza la merienda tranquilizados ya.

¡Ay, breve tregua! el nene se columpió en
la silla
Y juntos nene y silla, de espaldas, ¡trun! se
van,
Y arrastran en su séquito mesa, mantel, vaji-
lla,
Miel, leche, caldo, aceite, chocolatera y pan.

Tía Gocha se accidenta, Cochambra se des-
maya,
A uno le dio epilepsia, al otro indigestión;
Y llegan criados, criadas, la cocinera, el aya
A ver si es terremoto, fuego o revolución.

Atónitos, sonámbulos hablaron a los huéspedes,

Con hipo energuménico que impídeles hablar,
Y al dije de Chanchito riendo contentísimo
Jugando con los panes cual bolas de billar.

De allí voló a esconderse en el jardín de
Gocha,
Buscáronlo enojados, y encuéntranlo por fin
Bailando una cachucha, y tal, ¡Virgen de
Atocha!
Que no quedaron flores, ni yerba, ni jardín.

Aquí sí, ¡tente gracia! —Gochancho dijo:
«¡Tráiganmelo!»
Y una azotaina diole, al fresco, al natural,
Tan eficaz e higiénica que desde entonces el
párvulo
De puerco sólo tuvo la culpa original.

No reincidió en los crímenes que referí al
leyente
Ni en otros que he callado por no escandali-
zar,
Y en vez de ser la cócora y el asco de la gente,
Convites y regalos le enviaban sin cesar.

Ya no hubo que decirle dos veces una cosa,
A todo adelantábase, no rezongaba un *no*,
Trataba a su mamita como si fuera diosa,
Y nunca una jaqueca ni enfado le causó.

El mismo levantábase amaneciendo el día,
Y en todo no se ha visto mayor puntualidad,
Extremo era su aseo, su aplicación manía,
Perfectas sus maneras, su dicho la verdad.

No supo darse gusto mortificando al prójimo;
ancianos y mujeres eran santos para él;
De nadie murmuraba ni se mofaba irónico,
Ni hipócrita adulaba, ni traicionaba infiel.

A nadie provocaba, que es cosa de beodos;
Pero llegado el lance se supo sostener,
Y necesariamente lo respetaban todos,
Y nadie osó desviarlo del rumbo del deber.

En fin, ¡quién lo creyera! aquella bestia indómita
Se hizo mejor que muchos con su uso de razón.
Y ¿habrá niño tan bestia que necesite látigo
Para volverse gente y hacer su obligación?

LA OVEJITA DE ADA

La oveja es el símbolo de la inocencia por su blancura y mansedumbre, y nada le gusta tanto como la compañía de los que son inocentes como ella. Ada tiene una preciosa ovejita que es su compañera de juego y de paseo; siempre andan juntas, y en oyendo sonar la campanilla de Nevada, que es el nombre de la ovejita, ya sabe uno por donde ir a buscar a la amabilísima niña. Ningún coche tiene un caballo más voluntario, dócil y entendido que el cochecito de la muñeca de Ada, y las manos de esta chica son las más lavadas y limpias del mundo, porque Nevada se las lame con tanto regocijo como si fuesen de caramelo. También es cierto que no habrá oveja mejor cuidada, pues Ada la trata como a hermanita menor, y cuando los vecinos alcanzan a verlas saliendo juntas a dar su caminata, suelen decir «Allá va la oveja con esa pareja. —¡Dios las proteja!»

EL PERRO DE ENRIQUE

Lindo está Enrique, vestido
Con su traje de escocés,
Pero su perro es un dije
Tan importante como él.

Aprende cuanto le enseñan,
Supo siempre obedecer,
Jamás ha mordido a nadie
Y es aseado y cortés.

Si incurre en faltas, aguanta
El castigo que le den,
Y aun besa humilde la mano
Que corrigiéndolo esté.

Noble y fiel animalito,
Quién no lo habrá de querer;
¡Y cuántos niños conozco
Que los cambiara por él!

LAS FLORES

Dios para las muchachas
    Hizo las flores,
Esos son sus confites
    De mil colores;
    Y es más brillante
En su pelo una rosa
    Que un buen diamante.

Para escoger sus trajes
    Las señoritas
Miren cómo se visten
    Las florecitas.
    Naturaleza
Es la mejor modista
    De la belleza.

EL ASNO DE FEDERICO

Yo no digo que Federico sea un asno, sino que el asno de Federico es el único borrico dichoso que conozco; y la mejor prueba que tengo de que su dueño no es un borrico, es el exquisito cariño y la grande consideración con que trata a este jumento desde que era un buche, es decir, un jumento recién nacido; y tal vez a causa de este buen trato el susodicho pollino es el menos burro de cuantos he visto en mi vida; de donde infiero que la única causa de que se hayan vuelto burros es la burrería de los crueles amos y arrieros que no les hablan sino a palos. También creo que Federico es valiente, porque sólo un cobarde puede maltratar a un servidor tan humilde, tan inofensivo y tan bueno. A veces me figuro que los animales son ángeles disfrazados, y que el día del juicio hablarán todos ellos y pagaremos muy caros esos malos tratamientos.

MARÍA Y MARIANO

SONETO

Se encaramó en la copa de un manzano
Mariano el hermanito de María,

231

Y ella sentada abajo decía
«Dame a probar una manzana, hermano».

«¡Ni una ni media! respondió Mariano,
«Porque cuanta yo coja es sólo mía.
«Si no puede subir su señoría,
«Apañe las que caigan por el llano».

No bien dijo esto el egoísta necio,
Se le rompió de súbito la rama
Y a tierra vino de redondo y recio.

«¡Pobre, mi vida!» la hermanita exclama;
Y en vez de talionar su ruin desprecio,
Lo alzó cargado y lo llevó a su mama.

FUÑO Y FURAÑO

A pesar de que doña Petra estaba constantemente de mal humor, sus dos hermosos gatos llamados Fuño y Furaño siempre habían sido muy buenos amigos y muy celebrados por su amable carácter. Pero un día Petronila, la hija de doña Petra, les echó un pedazo de carne, y parece que el mismo Lucifer se les metió en el cuerpo, pues armaron un zipizape tan furibundo que parecía que hubiera setenta gatos en aquel cuarto, y Petronila gritaba de miedo de que le tocasen algunos de esos araños y mordiscos. Doña Petra, que oyó esto, entró más rabiosa que los mismos combatientes, y arrojó a Fuño por una ventana, a Furaño por la otra, y el pedazo de carne en la chimenea. Dos amigos no deben pelear jamás, y un momento de enojo suele costar muy caro, como lo prueban Fuño y Furaño, que se quedaron sin amigo y sin casa, y sin probar el bocado que debieron partir entre los dos como gente decente.

EL CENADOR

Nuestro rico cenador,
Nuestra tienda de campaña,
Es un nogal cargador;
Y ni la morisca España
Tiene glorieta mejor.

Allí voy con Blanca y Rosa,
Concediendo cada cual
Su contribución forzosa;
Juntamos nuestro caudal
Y hacemos bajo el nogal
Una refacción suntuosa.

Tenemos por convidados
Los pajaritos del cielo,
Que cantando alborozados

Nos pagan esos bocados
Antes de tender el vuelo.

Y si en soplo juguetón
Descuelga una nuez la brisa
Y nos pega un coscorrón,
Terminamos la función
Reventándonos de risa.

LA MUÑECA DE EMMA

Emma tenía una muñeca muy linda, y un hermano, de nombre Tadeo, muy travieso y mal intencionado; y este muchacho tenía un perro que él prefería a su dulce hermanita, tal vez porque era tan dañino como él. Se olvidó un día Emma de guardar su muñeca; y Tadeo, que la encontró, le cortó la cabeza de la desgraciada muñeca, y se la dio a su perro para que se divirtiera con ella, y fue tanto lo que el perro baboseó la cabeza de la desgraciada muñeca, que al fin le quitó el color, y la misma Emma ya no habría podido reconocerla. Pero sucedió que dicho color era venenoso, y que al día siguiente, cuando Emma estaba llorando por su muñequita, el perro de Tadeo estaba agonizando por el veneno. Tadeo vio en esto un justo castigo de su perversidad, le pidió perdón a Emma, le regaló una muñeca mejor que la primera, y juntos hicieron el entierro del cómplice en aquella vil travesura.

DOÑA PÁNFAGA O EL SANALOTODO

(para tartajosos y otros)

Según decires públicos doña Pánfaga
hallábase hidrópica
O pudiera ser víctima de apoplético golpe
fatal;
Su exorbitante estómago era el más alar-
mante espectáculo,
Fenómeno volcánico su incesante jadear
y bufar.

Sus fámulos y adláteres la apodaban
Pantófaga Omnívora,
Gastrónoma vorágine que tragaba más
bien que comer,
Y a veces suplicábanle (Ya previendo in-
minente catástrofe)
«Señora doña Pánfaga, véase el buche,
modérese usted».

Ella daba por réplica: «¿A qué vienen ser-
mones y escándalos?
«Mi comida es el mínimun requisito en
perfecta salud.
«Siéntome salubérrima y no quiero volverme un espárrago,
«Un cínife ridículo, un sutil zancarrón de
avestruz.

«¿Esta panza magnífica la encontráis por
ventura estrambótica?

«¿Hay pájaros más ágiles? ¿hay quién
marche con tal majestad?

«mi capacidad óptima no consiente un
vulgar sustentáculo.

«Vuestras zumbas y prédicas son de envidia: ¡en buen hora rabiad!»

Y prosiguió impertérrita la garbosa
madama Heliogábalo

A ejércitos de víveres embistiendo con
ímpetu audaz,

Hasta que, levantándose de una crápula
clásica, opípara,

Sintió cólico y vértigo, y «¡el doctor!» exclamó la voraz.

SALTABANCOS FARÁNDULA, proto-
médico de ánsares y ánades,

Homeo-alópata-hidrópata-nosomántico
cuatri-doctor,

Con cáfila de títulos que constaban en
muchos periódicos,

Y autógrafos sin número declarando que
él era el mejor;

Gran patólogo ecléctico, fabricante de
ungüentos y bálsamos

Que al cántaro octogésimo reintegraban
flamante salud,
Tal fue, según la crónica, el llamado por
posta o telégrafo
A ver a Pata Pánfaga y salvarla en aquel
patatús.

«Iré al punto» respóndele, y durante media hora dedícase
A cubrir con cosmético y cepillo la calva
senil,
Pues, aunque vende un líquido que al más
calvo lo empluma de súbito,
Nunca es lícito a un médico emplumarse
o curarse por sí.

Saltabancos es célibe, doña Pánfaga es
viuda y riquísima,
Y en carátula o físico no se cobran hechu-
ras los dos:
Por esto entra en los cálculos del doctor
atraparla de cónyuge,
Y antes de verla alíñase con insólita extre-
ma atención.

Al presentarse el pánfilo daba lástima ver
a esa prójima:
Plata y poltrona y cámara retemblaban
cual buque al vapor.

«Señora Excelentísima, él le dijo, aquí estoy a sus órdenes».

«Ay mi doctor Farándula, repuso ella, ¡qué mala estoy yo!»

FARÁNDULA —Sin preámbulos, procedamos a hacer el diagnóstico:

¿Qué siente usted de anómalo, qué de extrínseco a su orden normal?

PÁNFAGA —Diome un síncope y he quedado muy lánguida y trémula,

Tengo la vista túrbida y en el pecho una mole, un volcán.

FARÁNDULA —Entendámonos: ¿a qué causas remotas o próximas

Su actual estado mórbido y a que síncope debo atribuir?

En análisis técnico lo que usted llama pecho es estómago:

Tal vez hoy en su régimen tuvo usted un ligero desliz.

PÁNFAGA —¿En la bucólica? no doctor, nunca tuve el más mínimo;

Soy sobria anacorética, con mi mesa ayunara un ratón;

Pero el miércoles último fui a escuchar a la Pata en *Sonámbula,*

238

El céfiro estaba húmedo y quizás me ha inflamado el pulmón.

FARÁNDULA —Permítame toco el pulso y consulto el cronómetro...

¡Hum, fiebre de mala índole, grave plétora, crece veloz!

¿A ver la lengua?... ¡Cáspita! nunca he visto más diáfanos síntomas:

¡Tragazón troglodítica, tupa bárbara, hartazgo feroz!

Del colon al esófago, del polo ártico al ínfimo antártico,

Cuantos vísceras y órganos la armazón constituyen vital

Cuanto encierra, hasta el tuétano, su distensa cutícula elástica,

Es un cúmulo omnígeno de indigesta panzada brutal.

PÁNFAGA —¡Abate, pécora! matasanos gaznápiro empírico

Que con tales andróminas faltas cínico a dama gentil!

FARÁNDULA —Harto pésame pero tengo que ser muy explícito;

Mi conciencia, mi crédito, mi amistad me lo ordenan así.

Ser, mándanos Hipócrates, confesores apóstoles, mártires,

Y a antropófaga Atropos es preciso esta perla arrancar

Interesante Pánfaga ¡haga usted testamento, confiésese!

Su situación es crítica y ni a un ganso pudiera engañar.

Mas tengo un específico infalible en extremas análogas

El *Nostrum Curapáparos*, fruto de años y estudios sin fin,

Quinta esencia de innúmeras, y aun incógnitas, plantas indígenas,

Y de cuantos artículos ha enfrascado jamás botiquín.

De este líquido sólido cada escrúpulo cuesta dos águilas,

Que ante omnia, y en metálico, me hará usted el favor de pagar,

Pues óigame el catálogo de los simples que incluye mi fórmula

Y dígame si a crédito o de bóbilis puédolo dar:

«*Récipe:*—Acido prúsico, asafétida, fósforo, arsénico,

«Pólvora, coloquíntida, tragorígano ásara-
bácara,

«Cantáridas, nuez vómica, sal catártica,
sen, bolo arménico,

«Ruipóntigo, opobálsamo, opopónace,
alumbre y sandaraca

«Cañafístula, zábila, ésula, ámbar, sucí-
nico, alúmina,

«Eléboro, mandrágora, opio, acónito,
lúpulo, argémone,

«Cánfora, álcali, gábano, tártago, ánime,
pímpido, albúmina,

«Tártaro emético ínila, ásaro, ísico,
láudano, anémone.

«Agáloco, tusílago, ácula, íride, azúmbar,
betónica,

«Elíxir paregórico, yúyuba, éter, almáraco
aurícula,

«Sarcócola y crisócola con dorónica y flor
de verónica,

«Ranúnculo, gracúncula, emplasto gé-
minis, guaco sanícula,

«Cal, ácido sulfúrico, zinc, astrágalo,
muérdago, etcétera.

«Mézclense por hectogramos todas estas
sustancias, ad líbitum,

«Y en cataplasmas, cáusticos, baños, píl-
doras, cápsulas, glóbulos,

«Sinapismos, apósitos, polvos, pócimas,
gárgaras, clísteres,

«Bébase, úntese, tráguese, adminístrese,
sóbese y friéguese».

«Aquí el método o táctica es *similia
curantur similibus.*

«Una atracada cósmica pide un cósmico
fármaco atroz

Un emético ecfráctico ecoprótico alexi-
pirético,

Calólicon enérgico que no deje decir *¡Santo Dios!*

«Señora, oiga el pronóstico: in artículo
mortis no hay jácaras:

«Pague y trague este antídoto o me mar-
cho a otra parte con él.

«¡Está usted a los últimos, ya me olisca
su trágico término!

«¡Pánfaga, amada Pánfaga!... ¡oh dolor, oh
espectáculo cruel!»

La gálofre, la adéfaga oyó al fin tan patéti-
cas súplicas;

Bebió hectólitros, múcuras; vomitó, se
sangró, se purgó;

«¡Étela, dijo el físico, ya está fuera del riesgo, qué júbilo!»

Pero... la erró el oráculo:—¡a los cinco minutos murió!

Fueron sus honras fúnebres solemnísimas, largas, espléndidas,
Con dobles, kirieléisones, gran sarcófago, séquito real;
Melancólica música la condujo a la umbrosa necrópolis
Y allí, ciegos de lágrimas, le entonaron responso final.

Mil rasgos necrológicos, mil sonetos y párrafos lúgubres,
Mil láminas y pésames dio la prensa en tan triste ocasión;
Y hoy, con dolor de estómago, léese aún en su lápida el rótulo:

Yace aquí doña Pánfaga.
¡Véase en este espejito el glotón!

¿Qué fue de Saltabancos?... El mundo está lleno de pájaros tales,
¡Y de gansos que de ellos se fían!
Apóstoles, Mesías, abolicionistas de todos los males,

Que con migas de pan o disfraz para drogas triviales
Alborotan, deslumbran, enganchan... y el bolsillo vacían.

Con arduo estudio, con carísima diaria experiencia
Logra un mortal darse cuenta de sí,
Porque iguales no hay dos en complexión, salud ni dolencia:
¿Y uno que nunca me ha visto en su perra existencia
Me curará de un mal que jamás me expliqué ni entendí?

Más sabe el loco en su casa que el cuerdo en la ajena.
Remedio para todos a nadie cura.
Esa cura es la locura, que no hace bien ni mal, o envenena.
Cada cual lleva en sí mismo su Hipócrates, su Avicena:

¡LA NATURA!

La Natura y la Moral son dos maestras socias y hermanas,
Como hijas de un mismo Dios que a cada instante anuncian y prueban,

Ellas nos aconsejan; ellas premian, casti-
gan, reprueban;

Y ellas también curan o alivian las dolen-
cias humanas.

Trabajo, Sobriedad, Orden, Régimen,
Consciencia tranquila,

Clima, Ejercicio, Aseo; aire puro, fragancia de Dios;

Agua, vino del cielo, que el limpio éter
acendra y destila:

He aquí el sanalotodo, el eterno e infalible
doctor.

CRONOLOGÍA

	EL AUTOR Y SU ENTORNO	ARTES, CIENCIA Y PENSAMIENTO	EL MUNDO
1833	Nace en Bogotá el 7 de noviembre. Sus padres son don Lino de Pombo y doña Anamaría Rebolledo.	Nace en Bogotá la escritora Soledad Acosta de Samper. Nace el escritor peruano Ricardo Palma.	El gobierno de Bogotá gestiona la construcción de un canal o un ferrocarril en la zona de Panamá.
1840	Asiste a la escuela del maestro Damián Cuenca en el barrio Belén.	Primer volumen de *Narraciones extraordinarias* de E. A. Poe.	Inglaterra inicia en la China la Guerra del Opio.
1844	Entra a estudiar al seminario.	Morse inventa el telégrafo.	República Dominicana declara su independencia de Haití.
1845	Redacta: *Diario de mil curiosidades para su propio dueño que lo es verdaderamente el señor licenciado en Bellas letras J. Rafael Pombo, seminarista que fue de la ciudad de Bogotá en 1845.* Redacta *La araña o poesías de José Rafael de Pombo y Rebolledo.* Primeras traducciones del latín, francés e inglés. Redacta en inglés *Retrato de la reina Victoria.*	Lino de Pombo publica *Recopilación granadina.*	Tomás Cipriano de Mosquera es elegido presidente de Colombia. Texas es anexado por los Estados Unidos.

1846	Ingresa al Colegio del Rosario a estudiar humanidades. Inicia *Sucia i apiñuscada colección de desatinos en trivial verso*.	Rivadeneyra y Aribau inician la Biblioteca de autores españoles. Alejandro Dumas publica *El conde de Montecristo*.	A causa de la anexión se declara la guerra entre Estados Unidos y México.
1847	Suspende los estudios de humanidades para ingresar en el Colegio Militar. En el periódico estudiantil *El Tomista* publica las composiciones poéticas *Tempestad* y *El tulipán*. Se inicia en el oficio de la pintura con unos paisajes de motivos sabaneros.	Fundada la Sociedad Filarmónica de Bogotá. Emily Bronte publica *Cumbres borrascosas*.	Comienza la hegemonía de los hermanos Monagas en Venezuela.
1850	Se enamora de Luisa Armero, quien al poco tiempo muere en trágicas circunstancias.	Nace Robert Louis Stevenson. Nace Guy de Maupassant. El estadounidense N. Hawthorne publica *Letra escarlata*.	Expulsados los jesuitas de Colombia. Bogotá tiene 40.000 habitantes. Comienza la colonización alemana al sur de Chile. Derogado el tráfico de esclavos en Brasil.
1851	Recibe el diploma de ingeniero, profesión que nunca ejerció. Escribe artículos periodísticos en *El Filotémico* y *El Día*	El pintor colombiano Ramón Torres Méndez realiza las *Láminas de Costumbres Nacionales*. El estadounidense H. Melville publica *Moby Dick*.	En Argentina J. J. Urquiza combate al dictador J. M. Rosas.

El Autor y su Entorno	Artes, Ciencia y Pensamiento	El mundo
bajo el seudónimo de Faraelio. Se une al grupo de jóvenes conservadores de la Sociedad Filotémica. Intervienen en el alzamiento contra el gobierno liberal de José Hilario López. Concluye *Sucia y apiñuscada colección de desatinos...*		
1852 Funda con José María Vergara y Vergara el periódico semanal *La Siesta.* Traduce numerosas composiciones de Byron. Redacta *Toros en calles i plazas.*	Harriet Beecher Stowe publica *La cabaña del Tío Tom.* Pierre Larousse funda en París la librería Larousse. Nace el arquitecto español A. Gaudí.	En Colombia empieza a regir la abolición total de la esclavitud. Es derrocado el dictador Juan Manuel Rosas.
1853 Por motivos de salud se trasladó al Valle del Cauca. Compone *Mi amor.* Redacta *Exabruptos poéticos.*	Nace el poeta cubano José Martí.	Se inaugura el Congreso Nacional Constituyente en Argentina. Buenos Aires se organiza como un estado independiente.

Año			
1854	Se incorpora al ejército para combatir el golpe de estado del general Melo. Toma parte en las batallas del Puente de Bosa, Tres Esquinas y otras.	J. J. Triana escribe *Nuevos géneros de especies de plantas para la flora neogranadina*.	Se decreta la abolición de la esclavitud en Perú. Guerra civil en Argentina. El papa Pío IX proclama el dogma de la Inmaculada Concepción.
1855	Sale para los Estados Unidos como secretario del embajador Herrán. Escribe el poema *Triple recuerdo* e inicia la redacción de su *Diario*. Compone el poema *Hora de tinieblas*.	José Eusebio Caro publica *Poesías*. Muere el poeta francés Gerard de Nerval.	Los marines estadounidenses ocupan la ciudad de Colón en Panamá. Se aprueba en Chile el Código Civil de Andrés Bello.
1856	Se traslada con el embajador Herrán a Costa Rica; cuya misión diplomática concluye con el tratado de límites entre Colombia y este país.	Flaubert inicia la publicación de *Madame Bovary*. Agustín Codazzi redacta *Geografía física y política de la Nueva Granada*.	Un terremoto azota la ciudad de Popayán en Colombia. Motín en Panamá contra los Estados Unidos. William Walker se apodera de la presidencia nicaragüense.
1857	De regreso a Nueva York consigue la firma de un tratado de cooperación entre Nueva Granada, Guatemala, Salvador, México, Perú, Costa Rica y Venezuela.	Muere el pintor colombiano Francisco Javier Matís. Charles Baudelaire publica *Las flores del mal*.	Mariano Ospina Rodríguez es elegido presidente de Colombia. Pánico en la Bolsa de Nueva York.

	EL AUTOR Y SU ENTORNO	ARTES, CIENCIA Y PENSAMIENTO	EL MUNDO
1859	Encargado de la Legación colombiana en Estados Unidos. Redacta el cuadro costumbrista *La laguna de Tota*.	Gustavo Adolfo Bécquer publica su primera *Rima*.	Buenos Aires se incorpora a la Confederación Argentina. Termina la guerra civil.
1862	Destituido de su cargo diplomático por el general Mosquera. Mueren su primo Julio Arboleda y, a los pocos días, su padre.	Julio Verne publica *Cinco semanas en globo*. Victor Hugo publica *Los miserables*. Muere H. Thoureau. Flaubert publica *Salambo*.	Concluye la guerra civil colombiana, resuelta a favor del general Mosquera. Británicos y franceses refuerzan la invasión española a México.
1863	Conoce a la venezolana Socorro Quintero con quien establece la más duradera de sus relaciones amorosas.	La española Rosalía de Castro publica *Cantares gallegos*.	El presidente Lincoln promulga el Acta de Emancipación de los esclavos de los estados del sur. Se funda en Suiza la Cruz Roja.
1864	Revisa el manuscrito de *La hora de tinieblas*. Compone el poema *En el Niágara*	Se publica en Buenos Aires *El evangelio americano* del escritor Francisco Bilbao. Muere N. Hawthorne.	Asume la presidencia colombiana Manuel Murillo Toro. Se inicia la guerra entre Paraguay y Brasil.
1865	Se desempeña interinamente como Encargado de Negocios de la Legación colombiana en Nueva York.	Nace en Bogotá el poeta José Asunción Silva. Muere el polígrafo y humanista venezolano Andrés Bello.	Maximiliano de Habsburgo es proclamado emperador de México.

Año			
1866	Escribe y adapta fábulas y cuentos que edita la casa Appleton de Nueva York.	El ruso F. Dostoievski publica *Crimen y Castigo*.	El emperador Maximiliano es depuesto por Benito Juárez, quien ordena su fusilamiento.
1867	Se editan en los Estados Unidos las colecciones de cuadernillos *Cuentos pintados para niños* y *Cuentos morales para niños formales*. La imprenta Vidal de Puerto Rico publica su poema *En la Cumbre*.	Vergara y Vergara publica *Historia de la literatura en la Nueva Granada*. Nace Julio Flórez. Nace Rubén Darío. Se publica el primer volumen de *El Capital* de Karl Marx. El químico sueco Alfred Nobel patenta la dinamita. Jorge Isaacs publica *María*.	Tras un golpe militar el general Santos Acosta asume la presidencia de Colombia. Se inicia la lucha independentista cubana. Estados Unidos compra Alaska a Rusia.
1870	Se traslada a vivir en Nueva York a la residencia de la poetisa María J. Christie de Serrano, con quien mantendrá una duradera amistad.	Soledad Acosta de Samper publica *José Antonio Galán*. Muere Charles Dickens. Mueren Alejandro Dumas y Prospero Merimée.	El Concilio Vaticano I promulga la infalibilidad del papa.
1871	Inicia su amistad con el escritor estadounidense Henry W. Longfellow. Publica *El canto a Teresa* en el periódico *El Mundo Nuevo* de Nueva York. Publica *Libro de lectura para la escuela y el hogar*.	Se publica la novela *El Matadero* de Esteban Echeverría, fallecido en 1851. Muere el escritor argentino José Mármol, autor de *Amalia*.	Es promulgada la constitución de Costa Rica. Vicente Cuadra asume la presidencia en Nicaragua. Redactado el primer reglamento de fútbol.

	El Autor y su Entorno	Artes, Ciencia y Pensamiento	El Mundo
1872	Nombrado miembro correspondiente de la recién creada Academia Colombiana de la Lengua. Redacta un ensayo sobre el poeta ecuatoriano Olmedo. Publica *El drama universal de Campoamor*. Regresa a Colombia el 23 de noviembre. En el periódico *El Zipa* de Bogotá publica *La vida ejemplar del poeta José Soares da Silva*.	Es fundada en Bogotá la Academia Colombiana de la Lengua. A. Daudet publica *Tartarín De Tarascón*. Ricardo Palma publica *Tradiciones peruanas*. El pintor francés Edgar Degás pinta *Sala de baile*. José Hernández publica *El gaucho Martín Fierro*.	Se firma la paz entre Brasil y Paraguay.
1873	Es nombrado miembro de número de la Academia Colombiana de la Lengua. Es nombrado Secretario Perpetuo de la Academia Colombiana de la Lengua. Es nombrado miembro correspondiente de la Real Academia Española de la Lengua.	Nace en Popayán Guillermo Valencia. El cubano José Martí publica *La república española ante la revolución cubana*. A los 19 años Arthur Rimbaud edita *Una temporada en el infierno*.	Perú y Bolivia firman un tratado secreto contra Chile.
1874	Escribe el libreto operático *Ester*.	El español Juan Valera publica *Pepita Jiménez*.	El norteamericano J. F. Golden obtiene la patente del alambre de púas.

1876	Redacta para sus copartidarios conservadores *Resumen de reglas militares y de administración de campaña.*	Auguste Renoir pinta *Le moulin de la Galette.* El científico estadounidense A. G. Bell patenta la invención del teléfono.	En México Porfirio Díaz asume la presidencia y la ejercerá de manera dictatorial durante 35 años.
1877	Escribe *Reseña de dos años de la Academia Colombiana.* Bajo el título *El ocho de diciembre* publica una serie de sonetos teológicos.	León Tolstoi acaba la versión definitiva de *Anna Karenina.* El compositor ruso Chaikovski estrena su ballet *El lago de los cisnes.*	La reina Victoria de Inglaterra es proclamada emperatriz de la India.
1878	Escribe el relato histórico *La batalla de Ayacucho.* Redacta el ensayo *Sobre un soneto* sobre el poema Night de Blanco White.	Nace el escritor uruguayo Horacio Quiroga. El filósofo alemán F. Nietzsche publica *Humano, demasiado humano.*	En Cuba culmina la guerra de los Diez Años contra España; logran la autonomía mas no la independencia.
1879	Gravemente enfermo comienza a traducir las Odas de Horacio. El partido conservador recomienda la publicación de su *Abecedario objetivo* y de un volumen de *Fábulas y verdades.* Envía a Menéndez y Pelayo su redacción *Notas puestas a veintiuna traducciones de Odas de Horacio.*	Nace en Cartagena el poeta Luis Carlos López. El dramaturgo noruego Henrik Ibsen publica *Casa de muñecas.* T. A. Edison fabrica la lámpara incandescente de luz artificial.	Comienza la Guerra del Pacífico que enfrenta a Chile contra Perú y Bolivia. Chile vence. Los Estados Unidos se pronuncian contra la construcción del canal de Panamá por los franceses.

	EL AUTOR Y SU ENTORNO	ARTES, CIENCIA Y PENSAMIENTO	EL MUNDO
1880	Escribe los textos para la ópera de José María Ponce de León *Florinda* o la *Eva del reino godo español*.	Primer cuento de Tomás Carrasquilla: *Simón el Mago*. Jorge Isaacs publica *Revolución radical en Antioquia*. Aparece la novela *Ben-Hur* de Lewis Wallace.	Se inicia en Colombia el periodo presidencial de Rafael Núñez. Francia inaugura los trabajos de construcción del canal de Panamá.
1883	Su salud mejora considerablemente al consultar al médico homeópata Gabriel Ujueta. Muere su madre doña Ana Rebolledo.	Nace el poeta antioqueño Porfirio Barba-Jacob. R. L. Stevenson publica la *Isla del tesoro*. F. Nietzsche inicia la redacción de *Así hablaba Zaratustra*.	Termina la Guerra del Pacífico; Perú y Bolivia pierden territorios.
1884	Miembro activo de la Asociación Homeopática y redactor de su periódico informativo *La Homeopatía*. La imprenta *La Reforma* publica su folleto *Las tres cataratas*. En el periódico *La Voz Nacional* de Bogotá publica el ensayo *Latinos y anglosajones*.	Jorge Isaacs publica *Estudio sobre las tribus indígenas del Magdalena*. Mark Twain publica *Las aventuras de Huckleberry Finn*. Se crea en París el Salón de Artistas Independientes.	Entra en funcionamiento el primer tranvía tirado por mulas en Bogotá. En Argentina los indios del sur son desalojados de sus territorios.

Año			
1885	Emprende una campaña para salvar del olvido las rocas del Zipa en Facatativá.	Muere el novelista francés Victor Hugo. L. Pasteur obtiene la vacuna contra la rabia.	El presidente Núñez inicia La Regeneración. Convocada una asamblea constituyente: Consejo Nacional de Delegatarios.
1886	Redacta el ensayo histórico *Centenario de Ricaurte*.	El español Benito Pérez Galdós publica *Fortunata y Jacinta*. Es inaugurada la estatua de La Libertad en Nueva York. El ingeniero alemán Carl Benz presenta el primer automóvil accionado por un motor de gasolina.	España suprime la esclavitud en Cuba y Puerto Rico. El boticario estadounidense J. S. Pemberton patenta la Coca-Cola.
1887	Publica en el periódico *El Telegrama del Domingo* el ensayo literario *Dos poetisas americanas*.	Hertz detecta y estudia las ondas electromagnéticas	Se firma el primer concordato entre el Vaticano y el estado colombiano.
1888	Para sostener sus principios en el campo político funda el periódico *El Centro*. En él publica *La soberbia estructura del señor Conto*.	Nace el escritor colombiano José Eustasio Rivera. Rubén Darío publica *Azul*, e inicia el *modernismo*. Muere el escritor y político argentino Domingo Faustino Sarmiento. El uruguayo Juan Zorrilla de San Martín publica *Tabaré*.	Libertad definitiva de esclavos en Brasil. Se reúne en Montevideo el Congreso Suramericano de Derecho Internacional. Sube al trono alemán Guillermo II.
1889	En la revista *Colombia Ilustrada* publica *Colombia y las bellas artes*.	José María Vargas Vila publica *Aura o las violetas*. Nace Gabriela Mistral.	Se estrena la luz eléctrica en Bogotá. En Brasil cae el imperio de Pedro II y se proclama la República Federal.

	EL AUTOR Y SU ENTORNO	ARTES, CIENCIA Y PENSAMIENTO	EL MUNDO
1893	La imprenta *La Luz* de Bogotá publica sus versos *Amor y Matrimonio*. Aparece en París su composición *Buena nueva*. Se inicia la conocida Biblioteca Popular dirigida por Jorge Roa con su tomo de *Fábulas y cuentos*.	Rufino José Cuervo publica el segundo tomo del *Diccionario de construcción y régimen de la lengua castellana*.	Censura del gobierno a la prensa colombiana con la suspensión de varios periódicos.
1895	En la *Revista Colombiana* aparece *La intelectualidad colombiana y el presbítero Carlos Cortés Lee*.	Muere el escritor Jorge Isaacs. Nace en Medellín el poeta León de Greiff.	Muere José Martí en la batalla de Dos Ríos luchando por la independencia cubana.
1902	Es nombrado Miembro Honorario de la Academia de Historia.	Creación de la Academia Colombiana de Historia. Juan Ramón Jiménez publica *Rimas*.	Tratado de paz que pone fin a la guerra de los Mil Días en Colombia.
1905	El 20 de agosto el presidente Reyes lo corona, en el Teatro de Colón, como el mejor poeta de Colombia. Gana el premio literario del concurso del tricentenario de *El Quijote*.	El pintor Andrés de Santa María es nombrado director de la Escuela de Bellas Artes de Bogotá. El poeta Julio Flórez publica *Cardos y lirios*. Albert Einstein formula la teoría de la relatividad espacial.	Se reinicia la construcción del canal de Panamá.

1912 Muere el 5 de mayo.

1916 Por encargo del Congreso el
      crítico Gabriel Gómez Restre-
      po publica una gran antolo-
      gía de su obra poética.

V. Kandinski publica su ensayo *De
lo espiritual en el arte.*

Auge petrolero en Venezuela.